Проф. д-р Борис Бигальке (Prof. Dr. Boris Bigalke)

Загадка марсианской пирамиды
(Zagadka marsianskoy piramidy)

Профессор д-р мед. Борис Бигальке работает старшим врачом и руководителем квалификационного центра DGK CardioMRI в Немецком кардиологическом центре Шарите (DHZC), кампус Бенджамина Франклина, клиника кардиологии, ангиологии и медицины интенсивной терапии. Медицина интенсивной терапии. Кроме того, он занимается комплементарной медициной: традиционной китайской медициной (ТКМ), традиционной тибетской медициной (ТТМ) и теорией движения в йоге в качестве побочного направления. Профессор Бигальке является специалистом по внутренней медицине и имеет специализацию и дополнительную квалификацию в области кардиологии, акупунктуры, диетологии DAEM/DGEM® и специализированной магнитно-резонансной томографии. После изучения медицины человека в Свободном университете Берлина он продолжил свою научную и клиническую карьеру в Университете Эберхарда-Карла. Тюбингенском университете. Дальнейшее обучение привело его к хирургии в Медицинском центре LIJ, Медицинский колледж Альберта Эйнштейна, Нью-Йорк, США, к ТКМ в Сотрудничающем центре ВОЗ, Пекин, Китай, и к ТТМ в Тибетском центре исцеления Кусар, Дхарамсала, Химачал-Прадеш, Индия.
Во время долгосрочной научной стажировки он также работал в Королевском колледже Лондона, отделении Колледж Лондона, отделение наук об изображениях и биомедицинской инженерии Лондон в качестве доцента/почетного преподавателя. Он также получил степень магистра делового администрирования (MBA) в области управления здравоохранением в Колледже Магна Карта, Оксфорд, Великобритания, и степень магистра права (LL.M.) со специализацией в области медицинского права в Дрезденском университете. Магистр права (LL.M.) по специальности "Медицинское право" в Дрезденском международном университете.
В 2021 году профессор Бигальке подал заявку на участие в программе Европейского космического агентства (ЕКА) в качестве астронавта. Он стал одним из 100 лучших кандидатов из Германии из более чем 22 500 претендентов. Несмотря на то, что он не стал астронавтом, его всегда завораживали и увлекали космические путешествия и наша соседняя планета Марс. Профессор Бигальке был признан лучшим врачом Германии в категории кардиологической спортивной медицины в FOCUS-Gesundheit 2021 года, а также в категориях гипертонии и диетологии в 2023 и 2024 годах подряд.

Проф. д-р Борис Бигальке (Prof. Dr. Boris Bigalke)

Загадка марсианской пирамиды:

Эхо от красного горизонта

(Zagadka marsianskoy piramidy:
Ekho ot krasnogo gorizonta)

Адрес для корреспонденции:
Prof. Dr. med. Boris Bigalke, MBA (Oxford, UK), LL.M.
Klinik für Kardiologie, DHZC – Charité Campus Benjamin Franklin
Hindenburgdamm 30, D-12203 Berlin, Германия

Библиографическая информация Немецкой национальной библиотеки:
Немецкая национальная библиотека включила это издание
Издание включено в Немецкую национальную библиографию;
Подробные библиографические данные доступны в Интернете
можно получить по адресу http://dnb.dnb.de.
Автоматизированный анализ работ с целью получения
информации, в частности, о закономерностях, тенденциях и корреляциях
корреляций в соответствии с §44b UrhG ("интеллектуальный анализ текста и данных")
запрещен.
Эта книга была переведена профессором Борисом Бигальке, доктором медицины, с оригинального немецкого издания под названием:"Das Rätsel der Marspyramide: Echos vom roten Horizont".

Publisher: BoD • Books on Demand GmbH, In de Tarpen 42, 22848 Norderstedt
Print: Libri Plureos GmbH, Friedensallee 273, 22763 Hamburg

ISBN: 978-3-7597-5947- 4

Для всех, кто увлечен Марсом!

Введение

Марс: красная планета с богатым историческим и культурным наследием

Марс, четвертая планета нашей Солнечной системы, уже тысячи лет будоражит человеческое воображение. Он также известен как "красная планета" из-за своего красноватого цвета. Марс выделяется на ночном небе и играет важную роль в различных культурах на протяжении всей истории человечества.

Связь с Месопотамией

Шумеры, жившие в Месопотамии около 3500 года до н. э., - одна из самых ранних известных цивилизаций, проводивших и записывавших астрономические наблюдения. Шумеры наблюдали за пятью известными в то время планетами (Меркурий, Венера, Марс, Юпитер и Сатурн) и давали им имена. Марс был назван "Нергалом" в честь их бога войны.

Связь с Древним Египтом

В Древнем Египте Марс был известен как "Хер Дешер", что означает "Красный" - прямая отсылка к его цвету. Египтяне тщательно отслеживали орбиту Марса, что способствовало их пониманию небесной механики. Название египетской столицы Каир (арабское: الـ قاهرة, произносится "аль-Кахира") имеет интересную связь с планетой Марс. Название "аль-Кахира" означает "Завоеватель" и было дано городу при его основании в 969 году нашей эры.

В момент основания города на небе был Марс, и название было выбрано, чтобы отразить предполагаемое влияние этой планеты и символизировать силу и победу.

Арес или Марс в Древней Греции и Риме

Красноватый цвет планеты также повлиял на древних греков и римлян. Греки назвали ее "Арес" в честь своего бога войны, символизируя кроваво-красный цвет, а также насилие и разрушение, связанные с войной. Римляне же назвали ее Марсом в честь своего бога войны, что отражало их культурный акцент на воинской доблести и завоеваниях. Это название сохранилось до наших дней, и Марс продолжает вызывать в памяти темы конфликта и агрессии.

Помимо мифологического и культурного значения, Марс также является объектом научных исследований. Его сходства и различия с Землей делают его главным кандидатом для изучения формирования планет, климата и возможности существования внеземной жизни.

Закон Тициуса-Боде и исчезающая планета

В XVIII веке закон Тициуса-Боде, эмпирическое правило, указывающее на закономерность в расстояниях планет от Солнца, предсказал существование планеты между Марсом и Юпитером. Когда астрономы не обнаружили там планеты, а вместо нее открыли пояс астероидов, это привело к гипотезе, что планета, возможно, когда-то существовала там, но была уничтожена или не сформировалась.

Пояс астероидов содержит множество малых тел, вращающихся вокруг Солнца между Марсом и Юпитером. Самые крупные объекты в поясе астероидов - Церера, Веста, Паллас и Гигия, причем Церера относится к категории карликовых планет. Общая масса пояса астероидов все же намного меньше массы земной Луны, что говорит о том, что планета, если она существовала, должна была быть относительно небольшой.

Воздействие на Марс?

Идея о том, что разрушенная планета в поясе астероидов могла оказать катастрофическое воздействие на Марс, интригует, но в значительной степени спекулятивна. Теоретически это могло произойти несколькими способами:

Влияние астероидов

Если планета в поясе астероидов была разрушена, ее фрагменты могли столкнуться с Марсом, вызвав обширные кратеры и, возможно, повлияв на климат и геологию планеты. На поверхности Марса видны следы массивных ударов, например, бассейны Хеллас и Аргир, которые могут быть связаны с подобными событиями.

Гравитационные возмущения

Разрушение тела планетарного размера в поясе астероидов могло вызвать гравитационные возмущения. Эти возмущения могли изменить орбиты астероидов и комет, увеличив вероятность столкновения с Марсом и другими внутренними планетами.

Атмосферные и геологические эффекты

Неоднократные столкновения с крупными астероидами могли привести к потере марсианской атмосферы и нарушению магнитного поля, что крайне важно для поддержания стабильных условий, пригодных для жизни.

Жизнь и обитание на Марсе

Одна из самых веских причин для исследования Марса - поиск воды и жизни. Свидетельства наличия в прошлом жидкой воды, такие как высохшие русла рек и минералы, образующиеся в присутствии воды, позволяют предположить, что на Марсе когда-то были условия, пригодные для жизни. Цель предыдущих миссий - выяснить, существовала ли когда-либо на Марсе микробная жизнь.

Уравнение Дрейка и парадокс Ферми

Уравнение Дрейка и парадокс Ферми - центральные понятия в дискуссии о вероятности существования внеземной жизни и разумных цивилизаций во Вселенной. Уравнение Дрейка было разработано для оценки количества технологически развитых цивилизаций в нашей галактике, которые могли бы общаться с нами. Однако многие из этих параметров все еще очень неопределенны и основаны на оценках.

В отличие от этого, парадокс Ферми относится к очевидному противоречию между высокой вероятностью существования внеземных цивилизаций (основанной на уравнении Дрейка и огромном размере Вселенной) и отсутствием четких доказательств существования таких цивилизаций или отсутствием контактов с ними.

Вот некоторые возможные объяснения парадокса Ферми:

Редкоземельная гипотеза: сложная жизнь встречается крайне редко, а условия, которые привели к появлению жизни на Земле, уникальны.

Великий фильтр: в эволюции жизни есть стадия или стадии, которые крайне маловероятны, поэтому немногие цивилизации достигают момента, когда они могут посылать межзвездные сигналы.

Саморазрушение: технологические цивилизации, как правило, уничтожают себя (например, в результате войн, ухудшения состояния окружающей среды или других катастроф), прежде чем они смогут достичь межзвездной связи.

Изоляция и недоступность: цивилизации могут намеренно изолировать себя или быть технологически неспособными посылать или принимать сигналы.

Технологические ограничения: Наши технологии могут быть недостаточно развиты, чтобы обнаружить или принять сигналы от других цивилизаций.

Временные несоответствия: Может оказаться, что цивилизации уже были или будут, но они слишком удалены друг от друга во времени, так что их сигналы еще не дошли до нас или уже прошли мимо нас.

Терраформирование Марса: превращение Красной планеты в новую Землю

Марс - важнейшая цель для будущего освоения человеком из-за его относительной близости и потенциальной пригодности для жизни. Главная цель терраформирования Марса - создать среду, в которой люди смогут выжить и процветать. Для этого необходимо повысить температуру планеты, уплотнить ее атмосферу и обеспечить наличие воды и кислорода. Один из подходов к согреванию Марса заключается в том, чтобы ввести в атмосферу парниковые газы, такие как углекислый газ (CO2), метан (CH4) и гидрофторуглероды. Эти газы будут задерживать солнечное тепло и повышать температуру планеты. Другой метод - разместить на орбите вокруг Марса большие зеркала, чтобы отражать солнечный свет на поверхность и напрямую повышать температуру. Нагрев полярных ледяных шапок, можно высвободить большое количество воды, образовав озера и, возможно, реки, и создать круговорот воды, подобный земному.

Превращение Марса во вторую Землю представляет собой не только монументальное научное достижение, но и глубокое заявление о человеческой изобретательности и стремлении.

Имена и биографии членов экипажа

В недалеком будущем, когда технологические достижения Земли достигли своего зенита, Объединенная экспедиция на Марс взяла курс на багровую сферу, которая манила человечество на протяжении веков.

Человечество стояло на пороге своего величайшего приключения. Шесть астронавтов, отобранных из разных уголков мира, отправились в опасное путешествие, которое должно было переосмыслить наше существование.

Их цель: Марс - загадочная красная планета, манящая своими тайнами многие поколения. Их разное происхождение и противоречивые характеры создают увлекательную смесь.

Отбор шести астронавтов для этой беспрецедентной миссии на Марс не был обычным процессом. Каждый член команды был тщательно отобран не только за свои исключительные навыки, но и за способность адаптироваться, внедрять инновации и работать вместе в экстремальных условиях. Для этой миссии требовались различные таланты: научная хватка, технические способности, физическая выносливость и, прежде всего, душевные силы, чтобы противостоять неизвестности.

Путешествие этих шести астронавтов началось задолго до того, как они ступили на Марс. Оно началось с их суровых тренировок и неумолимого процесса отбора, который проверял не только их навыки, но и их решимость и сплоченность команды. Они были не просто коллегами, они были семьей, объединенной общей миссией - исследовать неизвестное и разгадать тайны Марса.

Отбор в элитную группу стал свидетельством не только их индивидуальных способностей, но и их потенциала как сплоченной команды. Каждый член группы привносил в работу что-то уникальное, а вместе они были больше, чем сумма их частей. Отправляясь в эту новаторскую миссию, они несли с собой надежды и мечты человечества и были готовы встретить предстоящие испытания с мужеством, новаторством и командной работой.

Начало их путешествия ознаменовало собой начало новой эры в освоении космоса, эры, которая испытает пределы человеческой выносливости и изобретательности. Она сулила открытия, которые перевернут наше представление о Вселенной. И именно эта элитная команда из шести астронавтов была в авангарде этой грандиозной миссии, готовая творить историю.

Давайте окунемся в их путешествие!

Имя (гражданство):
Коммандер Джон Харрис (США)

Должность:
Командир миссии

Обязанности:
Общий успех миссии, безопасность
экипажа и космического корабля

Биографические характеристики:
Джон Харрис - опытный пилот ВВС и трезвый руководитель.
Он является офицером с высокой наградой. Он потерял жену в
дорожной аварии, которая до сих пор преследует его, но
благодаря своей военной карьере, в ходе которой ему пришлось
пережить немало трагических ударов судьбы, он справился с
ними и даже стал сильнее. За его мускулистым телосложением
скрывается сердце, жаждущее приключений за пределами
Земли.

Имя (гражданство):
Доктор Эмили Кларк
(Великобритания)

Должность:
Пилот, первый офицер

Обязанности:
Управление космическим аппаратом, проведение научных анализов и экспериментов в области геологии

Биографические особенности:
Эмили Кларк - опытный пилот и геолог команды. У нее огромное количество публикаций и грантов на исследования в области вулканологии. Она - ботаник и идет по жизни, ориентируясь на результат и цель. Она полна решимости разгадать тайны, скрывающиеся под поверхностью Марса, а возможно, и под ее личной поверхностью, поскольку она до сих пор не нашла спутника жизни.

Имя (гражданство):
д-р мед. Иван Петров (Россия)

Должность:
Врач, второй офицер, второй пилот

Обязанности:
Медицинское обслуживание экипажа, вспомогательное управление космическим кораблем

Биографические особенности:
Иван Петров, врач и военный летчик, обладает атлетическим телосложением и задумчивым взглядом. Докторскую степень по медицине получил в Германии. Является двойным специалистом - хирургом и кардиологом. Он с увлечением играет традиционную народную музыку на классической гитаре, что позволяет проникнуть в его меланхоличную русскую душу. Его прошлое хранит шрамы, которые не сможет стереть даже бескрайний марсианский пейзаж.

Имя (национальность):
Доктор Вэй Ли (Китай)

Должность:
Специалист миссии

Обязанности:
Интерпретация доисторических
археологических реликвий с учетом
специфики миссии

Биографические особенности:
Ли Вэй, женщина-инженер и лингвист, бросает вызов всем
условностям. За ее маленьким ростом скрывается огромная
целеустремленность. Она - бывшая олимпийская чемпионка по
стрельбе из лука. Она свободно говорит на восьми современных
языках и хорошо знает классические "мертвые" языки, такие как
шумерский и древнеегипетский. Она с легкостью
расшифровывает древние иероглифы и таким образом
дешифрует прошлое. Она регулярно занимается шаолиньским
кунгфу для поддержания физического равновесия.

Имя (гражданство):

Подполковник [Lt. Col.] Софи Дюбуа (Франция)

Должность:

Бортинженер, второй пилот

Обязанности:

Техническое обслуживание, вспомогательный контроль космического корабля

Биографические характеристики:

Софи Дюбуа - пилот вертолета с дипломом элитного университета в области инженерии. Она имеет черный пояс 2-го дана по каратэ Шотокан и освоила все 27 ката (предписанные приемы бокса с тенью). Ее тянет к тайнам Марса, как мотылька к огню.

Имя (гражданство):
Профессор доктор Клаус Мюллер
(Германия)

Должность:
Научный сотрудник

Обязанности:
Научный анализ и эксперименты по
экзобиологии

Биографические особенности:
Клаус Мюллер - биолог и химик. Он является одним из
пионеров в разработке нового подхода к лечению устойчивых
патогенов и в поиске путей содействия исследованиям
долголетия. Благодаря гуманистическому образованию он
свободно владеет латынью и древнегреческим, а также пятью
современными иностранными языками (немецкий, английский,
испанский, мандаринский, русский). Знание мандаринского
языка автоматически обеспечило ему особый доступ к Ли Вэю и
наоборот. За его стоической внешностью скрывается страсть к
пониманию жизни - как земной, так и внеземной.

Описание космического корабля

Давайте посмотрим на детали космического корабля - гладкого,
ультрасовременного межпланетного шаттла. Он называется Ares
Horizon, что отсылает к древнегреческому имени Марса,
римского аналога бога войны.

Дизайн космического корабля

В корабле Ares Horizon используется современная двигательная
система, сочетающая магнитные принципы и реактивные
колеса. Вот как это работает:

Магнитная тяга:

- Космический корабль оснащен рядом мощных электромагнитов, плотно расположенных вдоль корпуса. Эти магниты взаимодействуют с магнитным полем Земли и солнечным ветром.

- Регулируя полярность этих магнитов, Ares Horizon может маневрировать без использования обычного топлива. Он может притягивать или отталкивать близлежащие небесные тела, изменять свое положение и даже поворачивать - и все это без потребления топлива.

Ионные движители:

- Для дальних межпланетных полетов Ares Horizon использует ионные движители.

- Эти двигатели разгоняют ионы (обычно ксенон) до высоких скоростей и тем самым создают эффективную тягу.

- Ионный привод минимизирует расход топлива и увеличивает продолжительность полета.

Реактивные колеса:

- Корабль Ares оснащен серией высокоточных реактивных колес. Эти гироскопические устройства позволяют космическому кораблю менять ориентацию за счет изменения углового момента.

- Когда экипажу необходимо скорректировать траекторию или стабилизировать корабль, реактивные колеса раскручиваются или замедляются и прикладывают крутящий момент к космическому кораблю.

- Эта система устраняет необходимость в обычных движителях, уменьшая массу и рационализируя операции.

Кольцо искусственной гравитации

Вокруг центрального узла Ares Horizon расположено массивное вращающееся кольцо, метко названное "гравитационным кольцом". Вот как оно работает:

Центробежная сила:

- Гравитационное кольцо вращается с постоянной скоростью и создает центробежную силу, которая имитирует силу тяжести для находящегося внутри экипажа.

- Чем дальше астронавты удаляются от центра, тем сильнее на них действует сила гравитации. У внешнего края кольца сила приближается к гравитационному притяжению Земли (1 g).

- Такой постепенный переход облегчает дискомфорт, связанный с быстрым изменением силы тяжести.

Жилые помещения и лаборатории

- В гравитационном кольце находятся жилые помещения, лаборатории и зоны отдыха. Каждая секция ориентирована по радиусу так, чтобы жители могли ходить по внутренней поверхности.

- Пол кольца под действием центробежной силы становится "направлением вниз", создавая привычное ощущение гравитации.

- Члены экипажа занимаются спортом, едят и спят в такой обстановке, поддерживая свое физическое здоровье во время длительных космических полетов.

Технические задачи

- Для изготовления гравитационного кольца требуются современные материалы, способные выдержать огромные нагрузки при вращении.

- Инженеры тщательно сбалансировали кольцо, чтобы оно не шаталось и не вибрировало.

- Внутреннее ядро остается неподвижным, в нем расположены такие важные системы, как командный центр, управление двигателями и система жизнеобеспечения.

Командный центр и мостик

В командном центре, расположенном в стационарном ядре, находятся важные системы:

Навигация:

Сложные звездные трекеры, радары и оптические датчики направляют Ares Horizon в пространстве.

Связь:

Высокочастотные приемопередатчики поддерживают контакт с Землей и другими космическими аппаратами.

Управление:

Панорамное окно позволяет экипажу наблюдать за небесными телами во время ручных маневров.

Системы жизнеобеспечения

Ares Horizon уделяет первостепенное внимание благополучию экипажа:

Производство кислорода:

Биореакторы на основе водорослей производят кислород путем фотосинтеза.

Рециркуляция воды:

Системы фильтров очищают сточные воды и обеспечивают их устойчивое снабжение.

Гидропоника:

Корабельный сад обеспечивает свежие продукты и психологический комфорт.

Аварийные системы:

Спасательные капсулы: Эти небольшие капсулы, расположенные по всему корпусу корабля, позволяют быстро эвакуироваться в случае критического сбоя.

Радиационные щиты:

Разворачиваемые панели защищают от солнечных вспышек и космической радиации во время межпланетных путешествий.

Заключение

Ares Horizon представляет собой вершину человеческой инженерии - элегантный, современный корабль, который соединяет миры, бросает вызов гравитации и несет в себе надежды шести астронавтов, готовых раскрыть секреты Марса.

Глава 1: Вылет

В рубке управления эхом отдавался обратный отсчет, каждая цифра била в барабан ожидания. Коммандер Джон Харрис стоял в своей безупречной форме в центре командного модуля. Его взгляд метался по мониторам, на каждом из которых отображались важные данные - состояние термоядерных двигателей, систем жизнеобеспечения и траектория, по которой они должны были выйти из зоны видимости Земли.

Рядом с ним доктор Эмили Кларк, рыжеволосый геолог, поправляла очки. Ее пальцы прослеживали очертания Марса на звездной карте.

"Мы действительно делаем это, - пробормотала она, - мы покидаем дом".

Доктор Иван Петров, атлетически сложенный русский врач и пилот, кивнул. Его челюсть сжалась, выдавая смесь волнения и нервозности.

"Вот так", - сказал он. "В фиолетовый мир".

Доктор Вэй Ли, маленький китайский инженер и лингвист, проверила поле связи.

"Наши семьи, - прошептала она, - они следят за нами".

Доктор Софи Дюбуа, стройная француженка с тягой к приключениям, закрутила прядь своих светлых волос.

"Нас ждут приключения, - объяснила она, - и тайны, превосходящие наше воображение".

Профессор Клаус Мюллер, лысый немецкий биолог и химик, сжимал в руках свой блокнот.

"Наша задача, - сказал он, - разгадать эти тайны".

Запуск ракеты

Мост со строительными лесами отодвинулся, открыв взору ракету Ares Horizon. Его гладкий корпус сверкал под яркими прожекторами. Экипаж пристегнулся к своим разгонным креслам, их сердца бились в такт обратного отсчета.

"Двигатели включены, - доложил Иван.

Командир Харрис вцепился в подлокотники. "Зажечь и... взлетаем!"

Термоядерные двигатели взревели, их голубое пламя охватило стартовую площадку. Земное притяжение ослабло, и "Горизонт Арес" поднялся - серебряная стрела, пронзающая небо.

Астронавты почувствовали знакомое давление, вдавившее их в кресла.

Дыхание Эмили стало прерывистым.

У Вэя побелели костяшки пальцев.

Софи напевала мелодию - французскую балладу, которую когда-то пела ее бабушка.

Клаус делал заметки, чтобы записать исходные данные об их подъеме.

А Иван?

Он ухмылялся, адреналин бурлил в его жилах.

"Мы взлетаем", - сказал он. "Мы оставляем все позади".

Вид сверху

Команда работала над этим моментом несколько месяцев. И наконец, они добились своего!

По мере того как атмосфера становилась все тоньше, голубой шар уменьшался. Астронавты отстегнули ремни безопасности и поплыли в микрогравитации.

Эмили прижалась лицом к смотровому окну. "Смотри, - прошептала она, - наш дом".

Клаус присоединился к ней и сказал: "Да, это потрясающе, такая голубая красота! Жаль, что мы до сих пор ведем войны и загрязняем окружающую среду на такой жемчужине. Политики обязательно должны приехать сюда, чтобы пересмотреть свои действия".

Эмили наслаждалась возможностью поделиться своими впечатлениями с Клаусом. Ей нравилось находиться в его компании, она уже почувствовала это во время тренировочных миссий на Земле. Тем не менее он оставался уравновешенным и хладнокровным в своих эмоциональных реакциях - так ли это будет и впредь?

Вэй тоже наслаждалась захватывающим видом, но при этом заметила, что Эмили и Клаус были вместе. Она не могла понять, почему это ее беспокоит. Она отмахнулась от этой мысли и отдалась ощущению невесомости.

Теперь она начала кувыркаться, ее смех отдавался эхом.

"Мы невесомы, - сказала она, - как космические танцоры".

Софи присоединилась к ней и закружилась вокруг нее.

"Следующая остановка, - сказала она, - Марс".

Глава 2: Долгое путешествие

Несмотря на достижения в области двигательной техники, путешествие между Землей и Марсом занимает от 6 до 9 месяцев. Временной интервал для миссии был выбран в соответствии с самым близким расстоянием между Землей и Марсом, так называемым противостоянием, которое происходит примерно каждые 26 месяцев. Однако расстояние при каждом противостоянии меняется из-за эллиптической природы орбит обеих планет. Самые близкие противостояния, известные как перигелийные, происходят, когда Марс находится вблизи своего перигелия (точки орбиты, ближайшей к Солнцу), а Земля - вблизи своего афелия (точки орбиты, наиболее удаленной от Солнца). Такие перигелийные противостояния происходят примерно раз в 15-17 лет. Во время длительных путешествий астронавты подвергаются воздействию космической радиации из двух основных источников:

Галактическое космическое излучение: оно состоит из высокоэнергетических частиц, приходящих из других частей нашей галактики, в основном протонов и более тяжелых ионов. Эта радиация присутствует постоянно, и от нее трудно защититься.

Солнечные частицы: Они происходят, когда Солнце выбрасывает в космос большое количество заряженных частиц, в основном протонов. Эти события трудно предсказать, и они могут генерировать особенно интенсивные всплески радиации.

Космические будни: работа

Научные исследования:

Эмили часами анализировала образцы марсианских метеоритов, привезенных с Земли.

Анализируя образцы марсианских метеоритов, привезенных с Земли. Она скрупулезно каталогизировала минеральный состав и искала ключи к геологической истории Марса.

Биолог Клаус анализировал влияние космической радиации на микроорганизмы. Его чашки Петри в лаборатории показали, насколько живуча жизнь даже в космосе.

Техническое обслуживание:

Вэй возилась с системами космического корабля. Она заново калибровала датчики и следила за тем, чтобы термоядерные реакторы работали без сбоев.

Ее крошечное тело протискивается в тесные помещения, рядом с ней парит ящик с инструментами.

Навигация и коррекция курса:

Командор Харрис и Айвен вместе работали над коррекцией траектории. Они рассчитывали гравитационные рогатки вокруг планет, чтобы оптимизировать расход топлива. Их разговоры представляли собой смесь физики и интуиции.

Отдых и восстановление

Циклы сна:

Экипаж придерживался строгого графика сна. В тускло освещенных каютах они спали в спальных мешках, привязанных к стенам.

Мечты о Земле - знакомые лица, травянистые поля - посетили их в невесомости.

Виртуальная реальность:

Софи сбежала в виртуальные ландшафты. Она плавала в цифровых океанах, взбиралась на пиксельные горы и танцевала с аватарами любимых людей. Грань между реальностью и симуляцией размылась.

Чтение и фильмы:

Иван поглощал классическую русскую литературу. Рядом с ним висела "Война и мир" Толстого, страницы которой были аккуратно перевернуты.

Эмили смотрела старые фильмы о Земле - ностальгия по миру, который они оставили позади.

Товарищество

Совместные трапезы:

Камбуз стал их общим центром. Вэй готовил лапшу, Клаус варил кофе, а Софи рассказывала истории о французских кафе. Они смеялись, делились воспоминаниями и лакомились сублимированными деликатесами.

Личные дневники:

Каждый астронавт вел цифровой дневник:

Командир Харрис записывал задания руководства, Эмили писала стихи о марсианских закатах, а Вэй записывала свои сны - странные видения инопланетных пейзажей.

Даты встреч:

В установленные дни члены экипажа читали лекции о своих исследованиях и опыте, за исключением коммандера Харриса. Хотя он окончил военную академию в офицерском звании, он не является типичным исследователем или ученым. Поэтому он предпочитал выступать в роли модератора на этих занятиях.

Музыка:

Гитара Ивана эхом разносилась по коридорам и стала центральным элементом их путешествия. Он играл меланхоличные мелодии, народные песни и импровизированные мелодии. Команда собиралась вместе, плыла, закрыв глаза, погружаясь в музыку. Иногда Софи пела, ее голос был призрачно прекрасен. Софи и Иван прекрасно гармонировали в ансамбле.

Но Софи также пела а капелла, например, старые морские песни или оживленные мелодии из французских шансонов.

Эмили отстукивала ритмы на корпусе с точностью геолога и превращала космический корабль в импровизированный ударный инструмент.

Вэй, чьи пальцы танцевали по невидимым клавишам, сочинял небесные мелодии с ритмичными ударами китайских баллад.

А Клаус тихими ночами импровизировал гармонии, используя лабораторное оборудование - мензурку как колокольчик, пипетку как флейту. Их музыка связала различные нити их культур в космическую симфонию, которая звучала на протяжении многих световых лет.

Наблюдение за звездами:

В перерывах между экспериментами и расчетами экипаж собирался в купольной обсерватории. Земля, далекая голубая сфера, уменьшалась с каждым днем. Марс, красноватое пятно на горизонте, манил к себе. Эмили любовалась созвездиями - теми самыми звездами, которые веками указывали морякам путь через океаны. Она указала на Орион, Урса Майор и Южный Крест. Айвен же рассказывал истории из космоса - истории, передававшиеся из поколения в поколение. Они прослеживали воображаемые линии между звездами и связывали свое собственное путешествие с древними мифами.

Спорт в невесомости:

Микрогравитация космического корабля сделала возможными игровые занятия. Вэй, обладающая миниатюрной фигурой, совершала идеальные кувырки, и ее смех эхом разносился по металлическим коридорам. Иногда она встречалась с Софи, чтобы помериться силами в азиатских боевых искусствах: Вэй была обучена шаолиньскому кунгфу, Софи - шотокан-каратэ.

Клаус легко парил, пробовал делать велосипедные удары и кувырки в воздухе. Они играли в модифицированные версии футбола, баскетбола и даже синхронного плавания. Командир Харрис руководил их играми и иногда присоединялся к ним, делая слэм-данк в тяжелой атлетике.

Софи вызвала всех на гонку в невесомости, ее боевой дух не ослабевал от необъятности космоса. Она также смогла вдохновить Ивана на совместные занятия боевыми искусствами: она - каратекой с черным поясом, а он - специалистом по системе Systema. Эти двое казались хорошей командой, и не только в музыкальной сфере. Вибрации между ними, очевидно, хорошо работали на разных уровнях. Они буквально тесно общались...

Психологическое напряжение

Горизонт Арес" мчался сквозь пространство, и его экипаж находил утешение в этих простых удовольствиях.

Но по мере того как недели превращались в месяцы, изоляция грызла их разум. Земля стала далеким воспоминанием, бледно-голубой точкой. Они скучали по дождю, ветру и запаху земли.

Иван признался Софи: "Мне снятся березы".

Она понимающе кивнула и добавила: "А я скучаю по шуму волн на берегу моря, щебету птиц и запахам матушки-природы".

Софи захотелось обнять Ивана. Она осторожно подошла к нему, и он позволил ей это сделать. Объятия пошли им обоим на пользу. Иван сказал Софи: "Ты же знаешь, что при этом выделяется гормон окситоцин, поэтому мы оба быстро почувствуем себя лучше. Однако наши объятия могут также вызвать выброс дофамина и вазопрессина, и в этом случае я не могу ничего гарантировать". Он подмигнул ей, и Софи коротко рассмеялась.

Софи действительно быстро почувствовала себя лучше, но скрыла тот факт, что теперь она испытывала чувство близости и внутренней привязанности. Может быть, дело в дофамине и вазопрессине?   Может быть, все это простое биохимическое объяснение, то есть на самом деле просто гормональная реакция?
Так или иначе, она наслаждалась моментом и оставила меланхоличные мысли позади. Так они прижались друг к другу - их космическая семья - и нашли утешение в общем смехе, шепотных признаниях и далеком обещании Марса.

Глава 3: Лекционные занятия

Как уже говорилось, у экипажа есть организованная программа, чтобы скоротать время во время длительного перелета с Земли на Марс. Одной из таких программ являются лекции.

Пункт назначения: экскурс в вулканологию

Сегодня настала очередь Эмили представить свой геологический взгляд на место назначения.

 "Пожалуйста, пристегните ремни, целью нашего полета будет Цидония Менсе", - начинает лекцию Эмили.

"Не правда ли, звучит как морской курорт? Не могу дождаться, когда смогу насладиться солнцем, пляжем, напитками и пальмами под карибскую музыку", - вмешался Клаус.

"Придется тебя разочаровать, Клаус", - ответила Эмили. "Регион Цидония на Марсе расположен в северном полушарии планеты, в переходной зоне между суровыми южными нагорьями и более гладкими северными равнинами".

"А откуда, собственно, взялось название Цидония?" - спросил Иван.

Эмили на мгновение задумалась и ответила: "Э-э-э..."

Клаус вскочил на ее сторону, поскольку в школе ему нравилось классическое языковое образование:

"Название "Кидония" происходит от древнегреческого слова, обозначающего город Кидония (современная Ханья) на острове Крит.

В греческой мифологии Кидония ассоциировалась с видом фрукта, который позже стал известен как айва".

Эмили продолжила, слегка впечатлившись, ее лицо раскраснелось: "Однако для этого региона характерны мезы (холмы с плоской вершиной и крутыми склонами) и хертлинги (похожие на мезы, но меньшего размера). Например, на Земле в Долине Монументов, штат Юта, тоже есть хертлинги, и они часто использовались в примитивных американских фильмах-вестернах".

"Ваш надменный тон свидетельствует о некотором неуважении к нашему культурному наследию", - сказал коммандер Харрис, немного оскорбленный своей честью.

"Ну, британская история просто гораздо глубже и не намного старше, не так ли?" - ответила Эмили.

"Я протестую", - вмешался Вэй, - "Китай определенно имеет самую древнюю и богатую культурную историю из всех нас здесь".

"Да, вы оба правы. Нет проблем, продолжайте, пожалуйста", - коммандер Харрис кивнул в сторону Эмили.

"Считается, что эти образования в районе Цидонии возникли в результате эрозии, вызванной ветром, водой и, возможно, вулканической деятельностью", - продолжила Эмили. "Для нашей миссии интерес представляет следующий вулкан и его окрестности, - она вывела изображение на стену.

Софи очнулась от дремоты и спросила:

"Почему вы так уверены, что это вулкан, а не кратер от падения метеорита?"

"Это очень хороший вопрос", - ответила Эмили. Она продолжила: "В геологии мы сначала смотрим на форму и симметрию: с одной стороны, вулканы часто имеют коническую или щитообразную форму с пологими склонами. У них есть центральное отверстие или кратер, называемый вершинным кратером. С другой стороны, ударные кратеры обычно имеют круглую форму с острыми, часто приподнятыми краями и могут иметь внутри центральную гору или хребет, образовавшийся в результате рикошета от удара".

"Что ж, это правдоподобно. Значит, это вулкан", - ответила Софи.

"В окрестностях вулканов часто встречаются застывшие потоки лавы и пирокластические отложения. Эти материалы могут быть распределены радиально вокруг вулкана. Вблизи ударных кратеров часто встречаются эжекционные одеяла и вторичные кратеры, состоящие из выброшенного материала. Этот материал обычно хаотичен и распределен концентрическими кольцами вокруг кратера".

Клаус с озорным видом задал еще один вопрос:

"Но, конечно, у вас был бы и третий аспект, ведь "все хорошее приходит втроем", не так ли?".

"Клаус, признайся, ты тайком прогуливал лекции по химии и биологии, чтобы изучать геологию", - подмигнула она ему.

Клаус подмигнул ей в ответ. Ей показалось, что он флиртует.

Но, скорее всего, она ошибалась.

Эмили снова взяла себя в руки, представила еще одну красочную картину местности и продолжила лекцию: "Ну, есть еще спектроскопия: спектральный анализ может дать информацию о минералогическом составе поверхности. Вулканы часто содержат вулканические породы, такие как базальт, в то время как ударные кратеры могут содержать более широкий спектр материалов, подвергшихся воздействию удара. Комбинируя эти методы, ученые смогут точно определить, является ли та или иная особенность на Марсе вулканической по происхождению или образовалась в результате падения метеорита".

Теперь она показала разделенное изображение трех кратеров.

Эмили продолжила, указывая сначала на кратер слева:

"Олимп Монс: большой щитовой вулкан высотой около 22 километров... - она сделала паузу и продолжила категорично, - 13,7 мили для американца".

"Да, да, мы всегда слышим это в связи с инцидентом с Mars Climate Orbiter в 1999 году, - раздраженно ответил коммандер Харрис.

Орбитальный аппарат был уничтожен из-за ошибки в преобразовании единиц измерения между командами программного обеспечения космического корабля. В частности, навигационная команда использовала для расчетов метрические единицы (ньютон-секунды), в то время как подрядчик использовал имперские единицы (фунт-секунды). Это расхождение привело к тому, что космический корабль вошел в марсианскую атмосферу на гораздо меньшей высоте, чем планировалось.

Эмили торжествующе улыбнулась, хотя ей пришлось признаться себе, что британцы тоже долго отказывались принимать метрическую систему. Она продолжила: "А на вершине Олимп Монс есть широкая плоская кальдера. Такая форма и потоки лавы типичны для вулканической активности".

Затем она указала на изображение в центре и пояснила:

"И напротив, кратер Гейл: ударный кратер с центральной горой (гора Шарп) и резкими, террасированными краями, характерными для ударных структур".

"Понятно, - вмешался Клаус, - но чем отличается кратер на центральной фотографии от кратера справа?"

"Ты очень нетерпелив, Клаус!" - с улыбкой ответила Эмили. "Это не вулкан и не ударный кратер, а пинго. Пинго - это покрытые льдом холмы, которые образуются в районах вечной мерзлоты, когда грунтовые воды поднимаются и замерзают. Одна из областей, где были обнаружены пингоподобные объекты, - это Утопия Планитиа, большая равнина в северном полушарии Марса".

"Но мы здесь не только ради вулканов", - пробормотал Иван. "Иначе миссис Ли не сидела бы здесь, верно?"

Вэй воспользовался этой возможностью, чтобы высказаться:

"Конечно, речь идет о возобновившихся предположениях о доисторических руинах цивилизации с пирамидами и "лицом Марса", основанных на новых данных снимков со спутников и зондов. Очевидно, что нас очень долго обманывали, чтобы мы столкнулись с нежелательной реальностью. Дело в том, что эти новые открытия - не просто случайные скалы или горные образования".

Клаус восторженно улыбнулся Вэю, что не осталось незамеченным Эмили. Она не могла объяснить, почему ее так заинтересовало невербальное взаимодействие между Клаусом и

Вэй, но почему-то ей это не нравилось. Что с ней было не так? Внутри нее зародилось чувство обиды и недовольства.

Эмили была вынуждена взять бразды правления беседой в свои руки: "Как геолог, я должна сказать, что загадка Cy-donia Mensae и "марсианского лица" иллюстрирует человеческую склонность читать что-то в неясных визуальных данных, явление, известное как парейдолия. Хотя первые снимки, сделанные орбитальным аппаратом "Викинг-1" в 1976 году, стимулировали воображение и спекуляции, более поздние снимки высокого разрешения и научные анализы показали, что это естественные геологические процессы в данном регионе."

"Что ж, уже поздно. Спасибо за глубокие познания в геологии и ваше британское обаяние. Завтра Вэй прочтет нам лекцию о пирамидах и древних цивилизациях. Мне не терпится увидеть, как Вэй расширит наш кругозор. Спокойной ночи!" Как только коммандер Харрис сказал это, он сразу же направился в свою каюту. Он выглядел очень усталым. Сегодняшняя рутинная проверка систем была утомительной и изнурительной для всех. Остальные тоже не скрывали этого и быстро направились в свои каюты.

Эмили попыталась мельком взглянуть на Клауса, но он уже собирался ложиться спать.

Софи столкнулась с Иваном, когда они вставали со своих стульев. Оба улыбнулись, в их глазах мелькнула искра. Иван по-джентльменски пропустил Софи вперед. Софи еще раз окинула его соблазнительным взглядом и целеустремленно направилась к своей койке. Иван почувствовал себя счастливым - чувство, которого он так долго жаждал.

Пирамиды

На следующий вечер была объявленная лекция Вэй. Члены экипажа собрались, чтобы послушать ее речь.

Эмили казалось, что она равнодушна к общению Клауса и Вэй. Однако она специально села напротив Клауса, чтобы понаблюдать за их реакцией.

Софи снова села рядом с Иваном. Садясь, она случайно коснулась его руки. С застенчивым видом она быстро произнесла "Пардон!".

Иван шепнул ей: "Теперь мы снова сталкиваемся друг с другом. У нас что, магнитный заряд?"

Иван очаровательно подмигнул Софи, но незаметно, чтобы другие члены экипажа не заметили. Она тайком подмигнула ему в ответ, и он увлажнил губы. Между ними раздался легкий треск.

Вэй начала свою лекцию:

"Пирамиды, особенно древнеегипетские, являются уникальным достижением в истории человечества и представляют собой вершину архитектурного, инженерного и организационного мастерства ранних цивилизаций. Построенные в первую очередь как места захоронения фараонов и других важных персон, эти массивные каменные сооружения на протяжении веков восхищают историков, археологов и туристов".

Вэй продемонстрировал аудитории первое изображение классической египетской пирамиды.

Клаус вдруг задал вопрос:
"Что мы теперь знаем о назначении и смысле пирамиды?"

Вэй обернулся и обратился непосредственно к Клаусу:
"Сегодня мы предполагаем, что основным назначением пирамид
было служить местом погребения фараонов и элиты общества.
Считалось, что они служили жилищем для загробного мира и
гарантировали умершему безопасный путь и бессмертие.
Пирамиды были частью больших комплексов, включавших
храмы, меньшие пирамиды для цариц и мастабы (гробницы) для

знати - все они служили для поддержки путешествия фараона в загробной жизни".

Клаус прокомментировал:
"Что ж, было бы неплохо найти ключ к долголетию и, возможно, бессмертию".

Иван повернулся к Клаусу и согласился:
"Да, медицина на протяжении всей жизни остается сложной задачей. Не могли бы вы завтра прочитать нам лекцию о своем научном достижении, Клаус?"

Клаус усмехнулся:
"Конечно, если вы не умрете от скуки и не решите, что я недостаточно квалифицирован, потому что еще не получил Нобелевскую премию". Эмили улыбнулась Клаусу. Ей нравилось чувство юмора Клауса.

Слово взял коммандер Харрис:"Продолжайте, пожалуйста, Вэй".

Вэй продолжил: "Интерьер пирамид часто украшался замысловатой резьбой и текстами из Книги мертвых, чтобы наставлять умершего в загробной жизни. В погребальных камерах находился саркофаг фараона и различные погребальные принадлежности, включая украшения, еду и артефакты для поддержания царя в загробной жизни".

"Разве теория о погребальных камерах в египетских пирамидах не ставится под сомнение из-за того, что гробницы фараонов были найдены в Долине царей под Луксором?" - вмешался Клаус. Эмили была довольна замечанием Клауса, обращенным к Вэю.

Вэй ответил спокойно и невозмутимо: "Теория о том, что пирамиды были построены как гробницы фараонов, не обязательно ошибочна, хотя многие фараоны более поздних эпох были похоронены в Долине царей в Луксоре. Чтобы понять это, необходимо знать историческое развитие египетской погребальной практики и эволюцию строительства царских гробниц. Но это выходит за рамки данной сессии и отвлекает от того, что меня интересует в первую очередь".

Клаус пожал плечами. В конце концов, в его намерения не входило сомневаться в компетентности Вэй или пытаться превзойти ее. Но он не волновался за Вэй. Более того, он даже вынужден был втайне признаться себе, что находит характер вздорной женщины весьма привлекательным.

Но он здесь не для того, чтобы встречаться с женщинами, он полностью посвятил себя науке. По крайней мере, так он говорил себе в качестве самозащиты или брони. А может, ему следует допустить и чувства? Не будет ли это равносильно слабости?

Блуждающие мысли Клауса были прерваны, когда Вэй показала следующий слайд и снова повысила голос: "Вопрос викторины: что мы здесь видим?"

Иван сразу же прокомментировал:"Мне нравится архитектура этой пирамиды".

Вэй поправил Ивана:"Неправильно, это зиккурат, а не пирамида!".

"Тогда в чем разница?" - ответил Иван.

Вэй объяснил:"Зиккураты отличаются от других древних сооружений своей уникальной ступенчатой формой. В отличие от египетских пирамид с гладкими сторонами, зиккураты состоят из ряда небольших платформ, которые уложены друг на друга и имеют террасный вид.

Зиккураты, построенные в древних городах Месопотамии, особенно на территории современных Ирака и Ирана, представляют собой ступенчатые пирамиды, состоящие из ряда платформ, поставленных друг на друга.

Основание зиккурата обычно прямоугольное или квадратное, а каждый последующий уровень наклоняется внутрь, образуя ступенчатую пирамиду. Для строительства зиккурата использовались высушенные на солнце глинобитные кирпичи, а снаружи его часто облицовывали обожженным кирпичом для защиты от стихий. Эти кирпичи скреплялись битумом - веществом, похожим на смолу, которое обеспечивало дополнительную гидроизоляцию. Эти сооружения строились в древних городах Месопотамии, особенно на территории современных Ирака и Ирана, и выполняли в первую очередь религиозную функцию. В каждом городе был зиккурат, который служил храмом для городского божества.

Самый известный из них - зиккурат в Уре, который был посвящен богу луны Нанне. Зиккураты символизировали священный храм Луны, который считался связующим звеном между небом и землей. Эти здания были не только религиозными центрами, но и местами социальной и политической власти. Жрецы, управлявшие зиккуратами, играли центральную роль в управлении городами-государствами. Монументальные зиккураты служили видимыми знаками божественной помощи и процветания города".
Вэй продолжила презентацию со следующего слайда.

"Значит, это еще один зиккурат, верно?" Иван бросился вперед. Софи потянула Ивана за руку.

Вэй улыбнулся и ответил:"Опять ошибаешься, Иван. Это пирамида майя.

В Центральной Америке, особенно в культурах майя и ацтеков, также строились пирамиды, которые выполняли как религиозные, так и политические функции. Такие пирамиды, как, например, пирамида в городе майя Чичен-Ица или пирамида ацтеков в Теночтитлане, часто были храмовыми платформами, на которых проводились ритуалы и подношения богам.

Мезоамериканские пирамиды часто были связаны с астрономическими и календарными соображениями. Они служили обсерваториями, а их ориентация и структура сильно зависели от движения небесных тел. Пирамиды символизировали священную географию и космическую гору, олицетворявшую мировой порядок".

С легким колебанием Вэй представила свой последний слайд. Она не могла не сделать замечание в сторону Эмили, поскольку не забыла ее враждебный комментарий и взгляд, которым она одарила ее во время вчерашней лекции:
"Чтобы унять ветер в парусах завзятых геологов, думаю, эта картинка не требует пояснений".
Эмили бросила на Вэя дьявольский взгляд.
Что это было между ними?
Это просто соперничество в науке или что-то еще?
Но у Эмили не было времени думать об этом, потому что она, как и все остальные в комнате, была потрясена, когда им представили следующий слайд: Пятигранная пирамида на Марсе с двумя лунами в небе.

По комнате пронесся ропот.

Софи застонала: "Mon dieu!", а Клаус почти одновременно сказал:"Майн Гот!"(Боже мой!).

"Да, это не подделка, это действительно подтвержденное изображение марсианской пирамиды! Снимок был сделан новейшим китайским зондом. Изображению был присвоен высший уровень секретности - совершенно секретно! Несмотря на политические разногласия между нашими правительствами, международное освоение космоса идет полным ходом. На правительственном уровне было решено держать общественность подальше от этих новых открытий".

Клаус первым взял себя в руки и спросил:

"А не напоминает ли это древнеегипетские пирамиды?"

Эмили кивнула Клаусу, как бы поддерживая его, хотя он в этом, конечно, не нуждался.

Вэй ответил: "Это так, но есть существенная разница. Марсианская пирамида пятигранная, чего нельзя сказать о подобных сооружениях на Земле. Кроме того, на внешней стороне искаженного изображения мы обнаружили что-то вроде иероглифов. Качество изображения слишком плохое, чтобы можно было четко его рассмотреть".

Вэй сделал паузу на несколько секунд, чтобы начать следующую фразу: "Теперь вы все знаете, почему я здесь".

Все с нетерпением ждали продолжения. Можно было услышать, как падает булавка.

После пятисекундной паузы все зааплодировали. Даже Эмили не смогла отказать себе в этом.

Командир Харрис встал и обратился к экипажу с предупреждением: "Дядя Сэм дал мне приказ соблюдать конфиденциальность и сообщать вам только ту информацию, которую вам совершенно необходимо знать".

"Дядя Сэм? Почему нам, европейцам, не сообщили об этом?" - ошеломленно спросила Эмили.

"Европейцам? С каких это пор англичане считают себя европейцами? Вы всегда были оппортунистами и двуличными людьми. Вы никогда не могли решить, хотите ли вы быть 51-м государством или частью Европы", - раздраженно сказала Софи.

Клаус подошел к своему европейскому коллеге и сказал: "В любом случае, что еще важнее, почему нам не сообщили об этом с самого начала? Я согласен с Эмили: европейцы или нет, они платят большие деньги, но не имеют права голоса. Очевидно, что нас здесь рассматривают просто как перевозчиков воды".

Когда Клаус сказал "я согласен с Эмили", лицо Эмили снова раскраснелось, как и вчера.

Теперь коммандер Харрис чувствовал себя обязанным предоставить дополнительную информацию: "Я прекрасно понимаю ваше беспокойство в этой ситуации. Но все, что здесь говорилось и говорится, является совершенно секретным. Вам запрещено разглашать какую-либо информацию своим родственникам и друзьям дома. Судя по вашим личным делам, никто из вас не женат и не имеет детей, так что риск утечки информации минимален".

"Чьей властью вы наложили на нас запрет? По моим сведениям, вы не имеете здесь никакой юрисдикции", - ответил Иван, до сих пор хранивший благоразумное молчание.

"Не будьте таким лицемерным, Иван", - сказал Клаус. "Иначе ты не стал бы делать замечания о роли Вэя во время вчерашней лекции Эмили".

И он сделал это снова, имя Эмили соскользнуло с губ Клауса.

Эмили была в восторге. "Так признай это, Иван. Вы были заранее проинформированы вашей секретной службой", - продолжал Клаус.

"Вовсе нет, это была простая логика", - ответил Иван. Клаус оставил это без комментариев, но криво улыбнулся.

Теперь слово снова взял коммандер Харрис: "Хорошо, я должен вам объяснить. Американское и китайское правительства заключили секретное соглашение не разглашать никакой конкретной информации об истинных целях этой миссии до тех пор, пока это не станет неизбежным. Да, этот момент уже наступил. И теперь я перефразирую свои слова: я прошу прощения у всех вас. Я бы попросил вас пока ничего не сообщать внешнему миру. Мы должны сделать тщательно продуманное заявление. Любое разглашение секретов может повредить нам, миссионерскому кон-тролю и нашим правительствам, которым приходится иметь дело с новой и деликатной ситуацией. Ведь никто не может представить, как это отразится на нашей родной планете: Рушатся религиозные мировоззрения, вспыхивают беспорядки, свергаются правительства, и общество погружается в хаос. Поэтому на нас всех вместе лежит очень большая ответственность. Мы должны осознавать последствия".

Было уже поздно, и после короткого прощания все сразу же отправились в свои каюты. На этот раз не было места даже для флирта между Иваном и Софи, Клаусом и Эмили или Вэем. Эта новаторская лекция и последующее обсуждение вымотали всех до предела. Некоторые страдали от бессонницы на всю предстоящую ночь. В ее мозгу было слишком много новой информации. Для некоторых это - крушение их мировоззрения и религиозных взглядов, особенно для католической Софии. Когда божественная история сотворения мира ставится под сомнение, это большая проблема для католиков и верующих многих других конфессий.

Юридическое противостояние также сбило с толку большинство из них. Согласно Договору о космосе (OST) 1967 года, ратифицированному всеми ведущими космическими державами, космос, включая Марс, не подлежит национальному присвоению в любом виде, и государства сохраняют юрисдикцию и контроль над зарегистрированными космическими объектами и персоналом. Несмотря на то, что командиром этой миссии был коммандер Харрис, ответственность лежит на государствах и не может быть отменена другим.

Но вопрос о том, кто на самом деле был главным, и повсеместная секретность информации создавали атмосферу недоверия. Ваза была разбита, и никто не знал, можно ли ее починить и восстановить командный строй.

Иероглифы

На следующий день члены команды работали в автоматическом режиме до вечерней презентационной сессии. Несмотря на эмоциональный холод в коридорах звездолета, пламя привязанности между Айвеном и Софи снова замерцало, так же как и со стороны Эмили и Вайса по отношению к Клаусу, но пока не со стороны Клауса. После того как все заняли свои места, коммандер Харрис начал со следующего заявления:

"Дорогие товарищи, после вчерашнего разоблачения и критического обсуждения я хотел бы еще раз принести свои глубочайшие извинения.

Чтобы восстановить доверие между всеми вами, я ранее разговаривал с Вэем, и мы пришли к выводу показать вам всю картину. То есть теперь вы будете знать все, я действительно имею в виду "все", ни один секрет не будет упущен.

“Я прекрасно понимаю ваши опасения, вы можете сомневаться во мне, в остальных и в моем руководстве. Вы можете сомневаться в моих приказах. Но то, что здесь поставлено на карту, служит более важной цели, чем вы можете себе представить. Несмотря на то что мы знакомы относительно недолго, я лично доверил бы любому из вас свою жизнь. Поэтому я просто прошу вас проявить немного доверия”(для инсайдеров он процитировал последние несколько сен-тенций легендарного фантаста, во многом похожего на него самого)".

Командор Харрис сделал небольшой перерыв, чтобы продолжить свою речь::"Клаус, боюсь, мне придется попросить тебя пропустить сегодняшнюю лекцию о долголетии, потому что мы готовы признаться, чтобы дать нам всем возможность начать все с чистого листа".

Клаус понимающе кивнул и сказал: "Без проблем. Мне не терпится узнать, что еще осталось за горой. Давайте начнем!"

Командор Харрис повернулся к Вэй и открытой рукой показал ей дорогу к пюпитру:"Пожалуйста! Продолжайте, Вэй!"

Вэй вздохнула и начала:"Мои дорогие товарищи, мои дорогие друзья. Да, мы оказались в сложной ситуации. Но вскоре она может стать еще более сложной для всех нас, поэтому я надеюсь, что проблемы удастся решить как можно скорее, потому что у нас действительно нет времени на внутренние конфликты".

Софи тайком взяла Ивана за руку, и он позволил ей держать ее. Иван почувствовал, что Софи боится и ищет защиты.
"Благодаря немецкой оптической технологии, - Вэй улыбнулся Клаусу, который ответил благосклонным кивком и улыбкой, что не осталось незамеченным орлиными глазами Эмили, - мы смогли сделать увеличенное изображение глифов, видимых на этих реконструированных изображениях".

Клаус, получивший классическое образование, сразу же распознал и классифицировал надпись, поэтому он быстро прокомментировал: "Звучит знакомо, клинопись".
Вэй усмехнулась, почувствовав взаимное одобрение от комментариев Клауса.
Она ответила: "И да, и нет. Я знаю, насколько надуманным это может показаться, но марсианская надпись действительно частично связана с шумерской клинописью, а также с древнеегипетскими иероглифами. Моя исследовательская группа долго искала подходящий перевод".
Теперь она написала несколько знаков или иероглифов на цифровой доске и продолжила свой монолог:
"Связь между шумерским и египетским языками - интересная тема в исторической лингвистике, хотя эти два языка не связаны напрямую. И шумерский, и египетский - одни из самых ранних

известных письменных языков, со своими уникальными системами письма и лингвистическими особенностями. Здесь мы подробно рассмотрим их родство и важнейшие характеристики:

Шумерский - изолированный язык, то есть он не имеет известных родственников и не принадлежит ни к одной языковой семье. На нем говорили в древней Месопотамии, в регионе, который соответствует современному южному Ираку. Египетский язык, напротив, относится к афро-азиатской языковой семье, точнее, к ветви египетских языков. В эту семью также входят семитские языки, такие как арабский и иврит, берберский, кушитский и чадский. На египетском языке говорили в Древнем Египте.

Шумеры разработали клинопись, одну из древнейших систем письма, около 3500-3000 лет до нашей эры. Для написания клинописных знаков на глиняных табличках использовался стилус.

Примерно в то же время древние египтяне разработали иероглифическую письменность. Иероглифы - это пиктографические символы, которые высекались на памятниках и писались на папирусе.

Лингвистические особенности заключаются в том, что шумерский язык является агглютинативным, а египетский..."
Командир Харрис прервал Вэя:
"Вэй, пожалуйста, сделайте так, чтобы всем было понятно, и переходите к делу".
Вэй была уверена, что ее доклад подходит для специализированной аудитории лин-гуистов, но не для многонационального экипажа астронавтов с разным академическим образованием. Поэтому она перешла к самым важным иероглифам и начала объяснять:

Неоднократно встречаются три марсианских иероглифа, которые имеют определенное сходство со следующими словами из су-мерийского и древнеегипетского языков:

1. джед 𝕴 это древнеегипетский иероглиф. Визуальное

Визуальное изображение djed pilar обычно представляет собой вертикальную колонну с четырьмя горизонтальными балками наверху, напоминающую стилизованное дерево или колонну с рядом поперечных балок".

Софи вмешалась: "С инженерной точки зрения, мне кажется, это очень похоже на пилон".

Вэй ответил и продолжил:
"Хотя визуальное сходство между колонной Джед и телеграфным столбом можно отметить, нет никаких исторических или археологических свидетельств в пользу утверждения, что древние египтяне хотели изобразить колонну Джед как инженерное устройство. Традиционная и общепринятая точка зрения заключается в том, что столб Джед - это религиозный символ, глубоко укоренившийся в мифологических и культурных рамках Древнего Египта. Столб Джед символизирует понятие стабильности и силы и часто интерпретируется как изображение позвоночника бога Осириса, который ассоциируется с воскрешением в загробном мире и вечной жизнью. Он также символизирует обновление царской власти и стабильность вселенной. Аналогом иероглифа Djed в шумерской культуре, символизирующего стабильность, силу и выносливость, является понятие "МЭ", которое представлено

клинописным иероглифом ⚑ символизирует.

"МЭ" - это фундаментальные постановления или божественные принципы, которые управляли всеми аспектами существования, включая мир природы, человеческое общество и религиозные практики. Считалось, что эти принципы были дарованы богами и необходимы для поддержания порядка и стабильности во Вселенной. Примером из шумерской мифологии, подчеркивающим важность "МЭ", является миф об Инанне и Энки, в котором Инанна, богиня любви и войны, отправляется в город Эриду, чтобы получить "МЭ" от Энки, бога мудрости. Этот миф подчеркивает важность этих божественных принципов для поддержания космического и социального порядка. Хотя столб Джед и концепция "МЭ" происходят из двух разных древних культур, они оба символизируют важность стабильности, непрерывности и божественного порядка в их соответствующих мифологиях и мировоззрениях.

2. этот иероглиф Джет ⎶ Изображает человеческую руку,

держащую солнечный диск, символизирующий понятие периода времени или момента. Он может использоваться в связи со словами, связанными со временем, такими как "час" или

"момент". Шумерский термин "ĝeš" ⟡ может отражать концепцию времени или циклов. Это также соответствует сегодняшнему представлению о времени. Хотя в современной физике и языке мы привыкли думать о течении времени в линейных терминах, циклический аспект кажется более образным. Например, в некоторых культурах время изображается циклически, а не от α до Ω ".

Клаус не удержался и прокомментировал: "Значит, вы имеете в виду "колесо времени" в том виде, в каком оно было представлено в культуре майя или на тхангка в Тибете, или, лучше сказать, в Китае?"

Хотя Вэй испытывала большую симпатию к Клаусу, последнее замечание немного раздражало ее, потому что она чувствовала, что это оскорбление со стороны немца.

Однако втайне Эмили была довольна тем, что Клаус так раскритиковал Вэй.

Вэй, происходивший из дипломатической семьи и привыкший к политическим провокациям, продолжил перечислять иероглифы и небрежно заметил: "Западные люди не могут понять Китай - и точка".

3 Наконец, иероглиф Нетджер означает 𓂀 В древнеегипетской письменности обозначение божества или бога. Он часто использовался как определитель или классификатор после имен богов и богинь в иероглифических текстах, чтобы подчеркнуть их божественный статус. Символ представляет собой сидящую фигуру с поднятыми руками, подчеркивая божественную природу и власть субъекта. В клинописи восьмиконечная звезда ✳ его символ, который используется в качестве определяющего слова Dingir/Diĝir".

Софи подняла следующий небезопасный вопрос: "Какова на самом деле связь между скоростью света и координатами пирамид в Гизе? "

Вэй ответил на этот вопрос вполне определенно: "Предполагаемая связь между скоростью света в вакууме, которая составляет около 299 792 458 метров в секунду, и географическими координатами Великой пирамиды Гизы (29,9792° северной широты), скорее всего, является совпадением, а не свидетельством древних научных знаний или преднамеренного планирования. Хотя это и интересный числовой курьез, нет никаких достоверных доказательств того, что древние египтяне проектировали пирамиды с учетом этих знаний".

Теперь настала очередь коммандера Харриса выступить в роли ведущего и подвести итоги: "После приземления мы должны искать инопланетные артефакты и технологии - это задача Эмили и Софи. Мы также должны быть готовы к встрече с биологическими формами жизни - это особая задача Клауса и Ивана. Вей поможет вам в расшифровке криптографии. Придется рисковать безопасностью экипажа, но также есть шанс совершить величайшее открытие человечества после путешествия в Новый Свет исследователя и мореплавателя Христофора Колумба".
После презентации настроение в команде значительно улучшилось, хотя страхи Софи пока еще преобладают.

Долголетие

Сегодняшний день прошел гладко. Однако вчерашняя презентация принесла облегчение. Команда выглядела более расслабленной и прониклась доверием друг к другу, чтобы справиться с новыми задачами.
Тем не менее все с нетерпением ждали выступления Клауса. Несмотря на то что он, вероятно, не внесет большого вклада в предстоящую миссию на красной планете, лекция обещала стать желанной переменой.

Клаус подался вперед и заговорил глубоким, звучным голосом, с уникальными голосовыми модуляциями и акцентом на отдельных словах. Можно было подумать, что к профессору забрел театральный актер. Неудивительно, что и Вэй, и Эмили влюбились в него. Он начал с того, что подчеркнул ономатопоэтическое слово "долголетие":

"Долголетие, то есть продолжительность жизни человека, находится в центре внимания людей на протяжении веков. Достижения в области медицины, технологий и образа жизни значительно увеличили среднюю продолжительность жизни в современных обществах. Среди множества факторов, способствующих долголетию, натуральные продукты, получаемые из растений, животных и минералов, играют важнейшую роль благодаря своим потенциальным преимуществам для здоровья. Было доказано, что эти натуральные продукты, к которым относится целый ряд веществ, таких как травы, добавки и функциональные продукты питания, влияют на процесс старения и способствуют более здоровой и долгой жизни".

Клаус сделал паузу на несколько секунд, чтобы продолжить: "Натуральные продукты могут влиять на продолжительность жизни через различные механизмы. К ним относятся антиоксидантные свойства, противовоспалительный эффект, улучшение механизмов клеточного восстановления и модуляция метаболических путей".

Клаус представил больше слайдов с фотографиями красного вина, трав и рыбы, чтобы продемонстрировать их потенциальную пользу в исследованиях на животных и людях. Он привлек особое внимание Вэя, когда начал объяснять китайские иероглифы, обозначающие Цзяогулан绞股蓝или Сянькао仙草как "трава бессмертия". Лед Вэй был окончательно сломлен, она буквально растаяла. Клаус выразил столько преданности и признательности китайской культуре и традиционной китайской медицине:

"Цзяогулан (Gynostemma pentaphyllum), часто называемый "южным джин-сенгом" или "травой бессмертия", - это вьющееся растение родом из Китая и других частей Азии. Оно веками использовалось в традиционной китайской медицине благодаря своим якобы полезным свойствам, в том числе способствующим долголетию. В последние годы научные исследования начали изучать механизмы действия цзяогулана и представили доказательства, подтверждающие его потенциал как лекарственного растения для увеличения продолжительности жизни и общего состояния здоровья".

Вэй очень надеялась, что на этом задании у нее будет шанс сблизиться с Клаусом, но знала, что она не единственная участница этой игры, кто бросил короткий взгляд на Эмили. Клаус закончил свое выступление следующими заключительными замечаниями: "Тем не менее, некоторые национальные законы не позволяют использовать диетические добавки и чаи. Кроме того, необходимо тщательно продумать практические аспекты качества, дозировки, биодоступности и взаимодействия, чтобы максимизировать пользу и минимизировать риски. Чем больше исследований будет проводиться в этой области, тем больше натуральных продуктов смогут стать неотъемлемой частью стратегий, направленных на продление жизни и укрепление здоровья".

Все присутствующие были захвачены возможностями современной науки. Скоро не останется никаких ограничений на то, сколько лет может прожить человек. И речь шла не только о том, чтобы жить дольше, но и о качестве жизни.

Иван также неоднократно соглашался с достижениями медицины последних лет. В конечном итоге они способствовали тому, что миссия, подобная той, что выполняется сейчас, возможна только благодаря умственным и физическим нагрузкам.

Но самое главное, что гармония в экипаже и командный дух восстановлены. Командир Харрис поблагодарил Клауса и пожелал всем спокойного сна.

Одно было ясно: этой ночью Вэй увидит особенные сны. Она была глубоко тронута, потому что редко сталкивалась с тем, чтобы западный человек относился к ее культуре с таким сочувствием и пониманием. Но не только рациональный, интеллектуальный уровень глубоко тронул ее, некоторые назвали бы это сапиосексуальным влечением, это было еще и эмоционально. Внутри нее произошло нечто такое, что она, женщина с контролируемым разумом, побеждавшая в соревнованиях по высокому интеллекту с IQ 160, уже не могла контролировать. Она никогда раньше не испытывала подобных чувств, и в какой-то степени это даже пугало ее, потому что она перестала быть собой. Она выросла в условиях безусловной самодисциплины, и ей постоянно напоминали об этом в процессе воспитания, будь то дома в семье или в школе.

Но не только она была внутренне тронута.

Эмили тоже была очарована разговором Клауса. Хотя, как и Вэй, она, несомненно, ученый до мозга костей, Эмили тоже была тронута до глубины души. Дело было не столько в содержании лекции, сколько в метауровне. Жесты и мимика Клауса, вибрации его глубокого, теплого голоса каким-то образом заводили ее. Эмили жаждала любой благоприятной возможности сблизиться с Клаусом. Но всегда оставался страх быть отвергнутым им. Она определенно отличалась от Софи, которая, будучи француженкой, обладала беззаботным характером и сексуальной привлекательностью. Эмили не может отрицать свое британское происхождение. Британские женщины, как правило, более сдержанны по сравнению с француженками, что может ухудшить их шансы найти партнера.

В любом случае, на следующую ночь Эмили будут сниться тяжелые сны, если она вообще сможет заснуть, потому что не сможет перестать думать о Клаусе. Хорошо ли это скажется на ее здоровье и долголетии, о которых говорил Клаус, пока неизвестно.

Глава 4: Любовь и соперничество

Первый поцелуй

Космический полет с Земли на Марс был симфонией предрадости и одиночества. Шесть астронавтов - каждый из них был нотой в этой космической композиции - вращались по орбите в пустоте, их сердца отдавались ревом двигателей космического корабля.

Софи сидела у обзорного окна, ее дыхание запотевало на стекле. Земля, далекая голубая жемчужина, исчезала за ними. Иван подошел, его шаги были бесшумны в условиях низкой гравитации.

"Красиво, не правда ли?" - сказал Иван с мягким русским акцентом. В его карих глазах отражались галактики.

Софи оторвала взгляд от звезд. "Да. Но это и страшно. Мы мчимся сквозь космос, оставляя позади все, что знаем".

Иван наклонился ближе, их дыхание смешалось. "Иногда страх и удивление - две стороны одного и того же чувства".

Она рассмеялась - хрупкий звук в стерильной кабине. "Кометы сгорают. Как ты думаешь, мы тоже сгорим?"

Он потянулся к ее руке, и их пальцы переплелись. "Нет, если мы найдем свои собственные созвездия". И вот они обмениваются секретами в тишине межпланетной ночи. Софи рассказывала о своих детских мечтах - о звездной пыли и старых тайнах. Иван признался, что боится забыть запахи Земли - влажные леса, соль моря.

Когда перед ними появился Марс, сердце Софи заколотилось. Губы Ивана находились всего в нескольких сантиметрах от них, и вселенная затаила дыхание. Она ощутила запах переработанного воздуха, почувствовала гул корабля на своей коже.

"Выживем ли мы?" - прошептала она.

Поцелуй Ивана был ответом - зажиганием тоски и возможности. Их губы встретились, и время свернулось само собой. Земля, Марс и все забытые миры закружились вокруг них.

Когда они расстались, щеки Софи раскраснелись. "Нам все еще больно", - сказала она.

"Но теперь, - ответил Иван, - мы мчимся вместе".

Так, среди созвездий и невесомости, Софи и Иван нашли свою орбиту - траекторию, которая не поддавалась гравитации и логике. Любовь, как и космос, не знала границ.

Космический корабль гудел в межпланетной пустоте, его металлические стены обволакивали экипаж хрупким пузырем существования. Любовь Софи и Ивана стала тайной, о которой шептались между звездными картами и пайками. Но секреты, как и орбиты, имеют свойство смещаться.

Иван и Софи овладели искусством осторожности на рабочем месте. Они избегали долгих взглядов, разговоров шепотом и свиданий за обедом. Никаких украденных поцелуев в кладовке - только профессиональное товарищество.

Во время командных встреч Софи подкладывала Ивану в карман загадочные записки. Сложенный листок бумаги с нарисованным в углу сердечком - молчаливое обещание. Они встретились у кофейного автомата и обменялись зашифрованной улыбкой. Тепло чашки отражало тепло их скрытой любви. Софи и Иван задержались, в их глазах читалась общая тайна.

Команда выстроилась в ряд. Одни улыбались, другие поднимали брови. Вэй, всегда внимательный, подмигнул Софи.

Любовь Ивана и Софи стала открытым секретом - кометой, пролетающей над журналами миссии. Софи и Иван нашли утешение в корабельной обсерватории - небольшой камере с куполом, имитирующим ночное небо. Звезды мерцали, их созвездия были знакомыми и в то же время далекими. Софи обвела пальцем пояс Ориона, поглаживая воображаемую звездную пыль.

Иван стоял рядом с ней, его дыхание ощущалось в прохладном воздухе. "Знаешь, - сказал он, - древние верили, что звезды - это души. Каждая из них - это история, которая ждет, чтобы ее рассказали".

Софи наклонилась ближе. "Какова наша история, Иван?"

Он заколебался, затем взял ее за руку. "Наша история? Она в том, как загораются твои глаза, когда ты расшифровываешь технические алгоритмы. В том, как я запоминаю изгиб твоей улыбки, когда ты двигаешься в невесомости".

Сердце Софи бешено колотилось. "Но никто не знает".

"Именно." Взгляд Ивана задержался на ней. "Наша любовь - это комета, небесная тайна. Но кометы горят ярче всего, когда они ближе всего к солнцу".

Глаза Софи мерцали, как звезды на небе. "А что будет, если мы подойдем слишком близко?"

Иван мягко улыбнулся. "Тогда мы сияем для всех, даже если это всего лишь мимолетный миг. Ведь именно такие моменты, Софи, делают вселенную прекрасной".

Она вздохнула со смесью удовлетворения и тоски. "Я всегда мечтала о будущем, о том, как все будет продолжаться".

Айвен нежно погладил прядь волос у ее лица. "Будущее - это тайна, как звезды, которые мы рисуем. Но здесь, сейчас, с тобой, я знаю, что это путешествие, которое стоит пройти".

Софи склонила голову на плечо Ивана, и они остались вдвоем, окруженные бесконечностью космоса. Звезды в обсерватории ярко мерцали, отражая их молчаливые обещания и мечты. Тишина успокаивала, составляя разительный контраст с суетой на корабле.

"Как ты думаешь, что там, снаружи?" - прошептала Софи, закрыв глаза и представляя себе просторы за пределами корабля.

"Возможности", - тихо ответил Иван. "Новые миры, новый опыт. Но куда бы мы ни отправились и что бы ни нашли, пока мы есть друг у друга, у нас всегда будет дом".

Софи кивнула, почувствовав в его словах правду. "Ты обещаешь мне, что мы всегда будем вместе гоняться за звездами?"

Иван нежно поцеловал ее в лоб. "Всегда, Софи. Всегда".

Пока они стояли, окутанные объятиями друг друга, имитированные звезды продолжали сиять, свидетельствуя об их клятве. Огромная и загадочная Вселенная ждала, чтобы они ее исследовали. Но в тот момент, в своей личной обсерватории под цифровым ночным небом, они нашли вселенную внутри себя.

Момент откровения

Однажды, когда команда собралась на рутинное совещание, рука Софи коснулась руки Ивана под столом. Их пальцы переплелись, и комната помутнела вокруг них. Командир Харрис рассказывал об образцах грунта с Марса, но Софи слышала только шум крови в ушах.

Вэй наклонилась вперед. "Софи, - прошептала она, - твой секрет в безопасности со мной. Любовь - это универсальный язык".

Софи покраснела. "Как ты..."

Вэй моргнул. "Я видел, как вы двое делились протеиновыми батончиками. Это не ракетостроение".

А потом, во время имитации аварийной тренировки, по внутренней связи раздался голос Ивана. "Софи, встретимся в Обсерватории".

Когда Иван вошел в зал, она парила там с колотящимся сердцем. Над ними мерцали звезды - их молчаливые свидетели.

"Иван, - сказала Софи, - что, если кто-то узнает?"

Он погладил ее по лицу. "Тогда мы станем двойной звездной системой - парой, танцующей в космосе".

"Иван, - прошептала она, - я люблю тебя".

Его рука коснулась ее руки: "И я люблю тебя".

И там, под имитацией созвездий, Иван поцеловал ее. Софи прижалась к нему, ее сердце билось до бесконечности.

Когда они вышли из обсерватории, экипаж уставился на них. Софи подняла бровь.

Командор Харрис заметил это - то, как задергались ее пальцы, и тайну в ее глазах. "Софи, - сказал он строгим голосом, - нам нужна честность в экипаже".

Софи заколебалась, потом кивнула: "Мы вместе".

"Что ж, - сказала она, - думаю, мы нашли свой марсианский роман".

Эмили усмехнулась. "Это как "Ромео и Джульетта" и "Марсианин"".

Вэй проницательно наблюдала за ними. Она видела достаточно фильмов о романтике, чтобы знать, как все это происходит. "Любовь похожа на марсианскую пыльную бурю", - размышляла она, - "непредсказуемая и хаотичная".

А коммандер Харрис? Он вздохнул: "Пока это не мешает нашей миссии".

Губы Софи встретились с губами Ивана - поцелуй, преодолевший время и пространство. Их души слились в пустоте, переплетаясь, как созвездия. Машина гудела и усиливала их чувства - их желание, их любовь. История любви Софи и Ивана стала частью корабельного фольклора - легендой, которую шептали среди звезд.

Любовь витала в воздухе, но не только для них двоих...

Небесная химия

Эмили наблюдала за Софи и Иваном с другого конца лаборатории. Их смех эхом разносился по комнате, пока они корпели над текстами технических протоколов. Когда рука Софи коснулась руки Ивана, сердце Эмили сжалось. Ее всегда привлекал Клаус, стоический немецкий ученый, но теперь Вэй грозилась украсть его внимание.

Эмили не могла позволить Вэю завоевать сердце Клауса. Она провела годы, изучая геологию далеких планет, но теперь ее собственное сердце оказалось скалистой местностью. Клаус был блестящим, загадочным и неустанно сосредоточенным на своих научных задачах.

Однажды вечером, когда они работали бок о бок, Эмили спросила его: "Клаус, ты веришь в судьбу?".

Клаус поднял глаза от своих записей. "Судьба?"

Голос Эмили дрогнул. "Может быть, нам суждено быть здесь, - сказала она, - не только для науки, но и для чего-то большего".

Клаус заметил приближение Эмили. "Эмили, - сказал он, - мы здесь не просто так. В пирамиде хранятся ответы, о которых мы даже не мечтали".

Эмили сжала кулаки. "Я знаю, - ответила она, - но иногда, Клаус, любовь - это самая большая тайна из всех".

Эмили смотрела на него, разрываясь между ревностью и благоговением. Клаус подошел ближе, его взгляд был прикован к Софи и Ивану. "Эмили, - тихо сказал он, - иногда любовь - это величайшее из открытий".

Звездные разговоры

Смотровая площадка стала их убежищем - местом, где звездный свет омывал их кожу, а гул корабля уходил на второй план. Эмили прислонилась к прозрачному окну, устремив взгляд на далекие точки света. Клаус стоял рядом с ней, его аналитический ум на мгновение затих в просторах космоса.

"Вы когда-нибудь задумывались, - начала Эмили мягким голосом, - что лежит за звездами? Какие тайны скрывает Вселенная?"

У Клауса возникло ощущение, что Эмили немного дразнит его этим вопросом. Он изучал ее профиль - изгиб челюсти, веснушки на щеках. "Интересно", - признался он. "Но я всегда считал, что ответы лежат в уравнениях, в данных. А не в поэзии космоса".

"Но поэзия тоже может расшифровывать истины", - возразила Эмили. "То, как клубится туманность, рождение и смерть звезд - все это часть великого повествования".

"Повествования - это не топливо для ракет", - сказал Клаус, но в его глазах читался намек на любопытство. "Какое твое любимое созвездие, Эмили?"

Она усмехнулась. "Орион. Охотник. Он как космический воин, постоянно гоняется по небу за Плеядами".

"А ты?" - спросила Эмили, переведя вопрос на него.

Клаус заколебался. "Кассиопея", - наконец сказал он. "Королева. Она бросила вызов богам и поплатилась за это. Поучительная история".

"А может быть, это история о мужестве", - размышляла Эмили. "Бросать вызов судьбе, стремиться к недостижимому".

Они стояли там, двое ученых с сердцами размером со Вселенную. Пальцы Эмили коснулись пальцев Клауса, и он не вздрогнул. "Возможно, - сказал он, - все мы ищем свои собственные созвездия - свои собственные истины".

"А в чем заключается ваша правда, Клаус Мюллер?" -
прошептала Эмили.

Он наклонился к ней ближе, его дыхание согрело ее ухо. "Что
космос - это нечто большее, чем уравнения", - пробормотал он.
"Что любовь иногда преодолевает гравитацию".

Запретные моменты

Коридоры корабля были тускло освещены, гул двигателей был
их постоянным спутником. Эмили и Клаус находили утешение в
этих скрытых от посторонних глаз местах. Они встречались
после смены и прислонялись к холодным металлическим
стенам, сердца их колотились.

"Клаус, - прошептала Эмили, прижимаясь теплым дыханием к
его щеке. "Мы не можем так больше жить". Он притянул ее
ближе к себе, его аналитический ум затих от желания. "Я знаю",
- пробормотал он. "Но любовь не поддается логике, Эмили".

И тут их губы встретились - запретное столкновение желания и
потребности. Эмили на вкус была как звездная пыль, и Клаус
потерял себя в ней. Они исследовали друг друга - изгибы ее
позвоночника, веснушки на лице, - пока искусственная
гравитация корабля не стала угрожать им разрывом.

Но Вэй всегда была рядом, наблюдая за ними из тени. Она
поджидала Клауса во время еды, вступала с ним в технические
споры и приглашала в свою каюту. "Мы исследователи, -
говорила она, - мы рискуем".

И вот Клаус разрывается между двумя женщинами - блестящим
геологом, воспламенившей его страсть, и благородным

инженером, бросившим вызов его разуму. Смех Эмили звучал в его снах, но шепот обещаний Вэй преследовал его.

"Клаус, - сказала Вэй, ее голос был низким и соблазнительным. "Нас вот-вот обнаружат. Разве ты не хочешь вместе разгадать секреты Вселенной?"

Он колебался, разрываясь между амбициями и желанием. Но когда Эмили поцеловала его под звездным небом, он понял - он пропал. Любовь бросила вызов гравитации, и они оказались в плену ее притяжения.

И вот в эти запретные мгновения их сердца превратились в небесные тела, которые сталкивались, сгорали и оставляли за собой световые следы в просторах космоса.

Марсианский бал

Бальный зал был импровизированным - смесь земной элегантности и марсианского минимализма. Экипаж превратил грузовой отсек в сверкающее пространство с переливающимися тканями и голографическими звездами. Эмили надела малиновое платье, выгодно подчеркивающее ее изгибы, а Клаус одолжил костюм, в котором он выглядел более щеголевато, чем положено ученому.

Вей вплыла в зал, ее взгляд был прикован к Клаусу. Ее платье было полуночно-синего цвета, а волосы убраны в замысловатый пучок. Она двигалась с грацией, ее шаги были выверены. "Пусть победит лучший ученый", - сказала она, ее улыбка была слишком сладкой.

Сердце Эмили заколотилось. Она уже танцевала с Клаусом на смотровой площадке, но это было нечто иное - публичное признание в желании. Когда музыка закружилась вокруг них, она взяла Клауса за руку, и они вышли на голографический танцпол.

"Вы блестящий ученый, - пробормотала Вэй, прерывая его. "Но любовь требует стратегии".

Эмили крепче прижалась к Клаусу. Она изучала марсианскую геологию, но это была совсем другая местность - поле битвы сердец.

Клаус колебался, разрываясь между амбициями и желанием. Его аналитический ум просчитывал риски, но сердце жаждало большего.

Танец стал столкновением желаний и соперничества. Пунцовое платье Эмили задевало костюм Клауса, а полуночно-синее платье Вэй кружилось в элегантных кругах. Экипаж наблюдал за происходящим: другие астронавты, командир Харрис, даже корабельный ИИ - все они были любопытными зрителями этой космической драмы.

"Выбирай, - шепнула Клаусу Эмили. "Выбирай звезды или уравнения. Выбери меня".

Глаза Вэй буравили его. "Мы исследователи, - сказала она, - мы рискуем. А любовь - это самый большой риск из всех".

И тут Клаус сделал нечто неожиданное. Он заключил обеих женщин в свои объятия - небесные объятия. "Может быть, - сказал он, - мы сможем исследовать любовь вместе".

И они закружились в танце под голографическими созвездиями - трио сердец, запутавшихся в притяжении своих желаний, и в итоге - ménage à trois. Звезды наблюдали за ними, их древние секреты шептали сквозь стены. Любовь не поддавалась логике, и в этот момент они были не просто астронавтами - они были космическими искателями приключений.

Небесное соперничество

Двигатели корабля Ares Horizon гудели от волнения. Когда-то Эмили и Вэй делились секретами и украдкой целовались, но теперь их отношения изменились. Теперь они были не любовниками, а соперниками.

Клаус был стержнем, и именно он был причиной их небесного раздора. Его аналитический ум раскрывал научные секреты, но именно его присутствие разжигало соперничество. Эмили наблюдала за ним с другого конца лаборатории, ее рыжие волосы были откинуты назад в знак разочарования. Клаус был поглощен своими исследованиями, не обращая внимания на космическое столкновение, разгорающееся вокруг него.

Во время паузы к Клаусу подошла Вэй, миниатюрная и решительная. "Профессор Мюллер, - сказала она сладким, как мед, голосом, - вы не задумывались о назначении пирамиды?"

Клаус поднял голову, его голубые глаза сузились. "Я проанализировал данные", - ответил он. "Но мне не нужно отвлекаться".

Эмили, не удержавшись, присоединилась к разговору. "Отвлечься, например, от наших общих воспоминаний?" - "Или от того, как пальцы Вэя вырисовывают созвездия на моей коже?"

Щеки Вэй покраснели, а челюсть Клауса сжалась. "Мы профессионалы", - сказал он. "Наша миссия заключается в том, чтобы..."

"Раскрыть секреты Марса", - закончила Эмили. "Но как насчет секретов между нами?"

Схватка под звездами

Соперничество нарастало. Эмили и Вэй соперничали за внимание Клауса: тонкие взгляды, интеллектуальные дискуссии и ночные обсуждения инопланетных артефактов. Клаус, разрываясь между долгом и желанием, испытывал влечение к обеим женщинам.

Однажды вечером Эмили загнала Клауса в угол на смотровой площадке. "Ты избегаешь нас, - сказала она, - почему?"

Клаус заколебался. "Эта миссия -"

"Больше, чем наука", - перебила его Эмили. "Мы - эхо Марса, помнишь? В наших сердцах пульсирует то же любопытство, которое двигало древними цивилизациями".

Вэй, слушавшая из тени, шагнула вперед. "Клаус, - сказала она дрожащим голосом, - кого ты выбираешь?"

Он изучал их лица - пылкого геолога и загадочного инженера. "Я выбираю знания", - наконец сказал он. "Структура молекул в этом зонде - это ключ".

Сердце Эмили разбилось вдребезги. Она удалилась в свою каюту, слезы застилали ей глаза. Вэй последовала за ней, ее миниатюрная фигурка была полна решимости. "Мы не можем позволить ему уничтожить нас", - прошептала она.

Эмили вытерла слезы. "Мы исследователи, - сказала она, - но мы также и люди".

Вместе они разработали план. Когда Клаус засиделся допоздна за химическим анализом, они встретились с ним лицом к лицу. "Выбирай, - сказала ему Эмили. "Мы или твои эксперименты".

Клаус колебался, разрываясь между любовью и долгом. "Я..." - начал он.

Но Вэй шагнула вперед, ее взгляд был мрачен. "Мы выбираем сами, - сказала она, - наши сердца, наши желания".

И вот она саботировала химический эксперимент - космическое предательство. Клаус с ужасом наблюдал, как распадается его зонд. Он не мог подобрать слов, что было необычно для него, столь ученого и красноречивого. Он был совершенно потрясен.

Через несколько мгновений он покачал головой и сказал: "Вы понимаете, что вы только что сделали?"

Космический корабль продолжал мчаться к Марсу, но напряжение не спадало. Эмили и Вэй сидели вместе, переплетя пальцы. Клаус, некогда бывший центром их внимания, теперь был лишь отголоском - далекой звездой, исчезающей на космическом фоне.

"Мы сделали то, что должны были сделать", - тихо сказал Вэй.

Эмили кивнула. "Но какой ценой?"

И вот небесное соперничество оставило шрамы - их любовь разбилась вдребезги, их сердца отдавались эхом сожаления.

И вот три астронавта приближаются к Марсу, их космический танец изменился навсегда.

Небесное соперничество" между двумя женщинами должно было стать предостережением - напоминанием о том, что даже между звездами любовь может гореть так же ярко, как и сжигать.

Глава 5: Посадка

Приближение к Марсу

По мере того как Марс становился все больше и больше в обзорном экране, волнение экипажа росло. Они толпились у панелей управления и отрабатывали симуляцию посадки. Марсианская почва - красная и таинственная - больше не была абстрактным понятием; это была почва, к которой они скоро прикоснутся.

И вот он - Марс! Четвертая планета от Солнца, в своем небесном путешествии она сопровождается двумя маленькими, очаровательными лунами: Фобос и Деймос. Эти луны, названные в честь греческих богов страха и ужаса соответственно, сильно отличаются от земной Луны и предлагают уникальные возможности для изучения секретов нашей Солнечной системы.

Фобос - более крупная луна, в то время как Деймос меньше, находится на большем расстоянии и меньше подвержен влиянию гравитационных сил Марса, в результате чего его орбита более стабильна. В отличие от Фобоса, поверхность Деймоса более гладкая и менее кратерированная, вероятно, из-за слоя реголита или рыхлого мусора, покрывающего луну. Крупнейшие кратеры значительно меньше, чем на Фобосе, а общий вид более сдержанный и имеет меньше выдающихся особенностей.

Навигация в гравитационном поле Марса

Когда Ares Horizon приближается к Марсу, космический аппарат переходит от плавного движения в вакууме космоса к сложному танцу с гравитацией планеты. Приближение тщательно просчитывается и требует точной корректировки траектории Ares Horizon, чтобы обеспечить вхождение в гравитационное поле Марса под правильным углом и с нужной скоростью. Малейший просчет может означать разницу между успешным выходом на орбиту и катастрофическим провалом.

Выход на орбиту: критический маневр

Самым критическим этапом выхода на орбиту Марса является маневр выхода на орбиту. Основной двигатель Ares Horizon запускается, чтобы замедлить космический корабль настолько, чтобы его захватила гравитация Марса. Это зажигание, которое часто занимает несколько минут, выполняется с точностью, подобной вдеванию нитки в иголку на расстоянии миллионов миль. В это время связь с Землей обычно ограничена, поскольку сигналы проходят огромные расстояния, что вносит дополнительный элемент напряжения и нервозности.

Визуальный и сенсорный опыт: встреча с Марсом

Для всего экипажа, переживающего это событие, визуальные и сенсорные впечатления просто захватывают дух. Из космоса Марс кажется огромным, сферой цвета ржавчины с отчетливыми поверхностными характеристиками, такими как массивный вулкан Олимп Монс, огромный каньон Валлес Маринерис и полярные ледяные шапки. Чем ближе Ares Horizon, тем отчетливее проявляются эти особенности, предлагая непревзойденный вид.

Внутри Ares Horizon экипаж ощущал едва уловимые вибрации и слышал гул запускаемых двигателей. На экраны в кабине выводились данные в режиме реального времени, обеспечивая постоянный поток информации о положении, скорости и траектории космического корабля.

Выход на орбиту Марса - монументальное достижение, представляющее собой вершину человеческой инженерии, научного любопытства и неустанного стремления к исследованию неизвестного. Несмотря на то, что этот процесс имеет глубокие корни в сложной физике и точных расчетах, это также путешествие, характеризующееся благоговением, предвкушением и глубоким осознанием места человека в космосе.

Софи, ее светлые волосы плавали в невесомости, наклонилась к Ивану. "Иван, - прошептала она, - ты играешь на гитаре для марсиан?"

Он усмехнулся и поправил ремешок своей акустической гитары. "Много", - ответил он. "Но кто знает, вдруг у них нет своей музыки? Может, они научат нас мелодии, которую мы никогда не слышали".

Экипаж готовился к пересадке на марсоход.

Приземление

На пути к поверхности Марса марсоход столкнулся с рядом проблем во время спуска.

В течение первых 25 секунд спуска на парашюте тепловой экран марсохода отделился. Теплозащитный экран защищал аппарат при входе в атмосферу, но его необходимо было отсоединить, чтобы приборы аппарата могли эффективно работать. Примерно через две минуты после раскрытия парашюта и за минуту до приземления.

Спускаемый аппарат выдвинул три ноги. Эти ноги обеспечили устойчивость и безопасную посадку на марсианскую поверхность.

Во время спуска космический аппарат использовал радар для измерения своей скорости и определения расстояния до земли. Используя эти данные в режиме реального времени, марсоход смог скорректировать траекторию спуска и обеспечить точную посадку.

Марсоход должен был избегать потенциальных опасностей, таких как крупные камни, кратеры или неровности рельефа. Сенсоры и алгоритмы на борту помогали ему принимать решения в режиме реального времени, чтобы избежать опасных препятствий.

Тонкая марсианская атмосфера создавала трудности во время спуска. Чтобы эффективно замедлиться, не сгорев и не разбившись, марсоходу пришлось полагаться на парашют и тормозные ракеты. Связь с Землей осуществлялась через спутники-ретрансляторы, расположенные на орбите Марса. Однако задержка связи (из-за большого расстояния) привела к тому, что спускаемый аппарат должен был совершить спуск автономно, руководствуясь заранее запрограммированными инструкциями. При среднем расстоянии в 225 миллионов километров средняя задержка связи в одном направлении составляет около 12,5 минут.

Перед ними простиралась поверхность Марса - бесплодные просторы песка цвета ржавчины и зазубренных скал. Командир Харрис прищурился через обзорный экран посадочной платформы, его сердце колотилось от предвкушения. Он возглавлял элитную команду астронавтов, выполнявших самую важную миссию в истории человечества: исследование древней марсианской пирамиды. Это был Марс - планета, о которой человечество мечтало на протяжении веков.

Марсоход вздрогнул, войдя в разреженную атмосферу, пламя лизало его теплозащитный экран. Командир Харрис сжал рукоятку управления до белых костяшек пальцев. Заход на посадку всегда был самой опасной частью любой миссии, но эта была другой. Ему уже доводилось летать на боевые задания в земном небе, но это было совсем другое. Марс был беспощаден - пустынная красота, хорошо скрывающая свои секреты. Рядом с ним Эмили поправляла свою красную повязку на волосах и сканировала горизонт своими ярко-зелеными глазами. Как геолог команды, она стремилась раскрыть секреты марсианской почвы. С орбиты она изучила каждый пиксель марсианского рельефа. Теперь ей предстояла посадка на поверхность.

"Стабильно, командир", - раздался голос Эмили по внутренней связи. "Мы входим в заключительную фазу". Ее рыжие волосы были завязаны в тугой пучок, а зеленые глаза сверкали решимостью.

Командир Харрис включил двигатели и направил марсоход к намеченному месту посадки - кратеру Бамберг, важной географической точке в регионе Цидония Мен-сае. Кратер Бамберг расположен вблизи древней системы каньонов. Конкретная система каньонов в пределах Cydonia Mensae не имеет индивидуального названия, как более крупные марсианские объекты, такие как Valles Marineris на экваторе Марса. Долины и каньоны в этом регионе обычно называют частью рельефа Cydonia Mensae. Иван поправил шлем. Затем он хрустнул костяшками пальцев и напряг свои сильные руки. Его атлетическое тело давило на ограничители. Его медицинский опыт будет крайне важен в этих суровых условиях. "Мы почти на месте", - сказал он с тяжелым акцентом. "Не забывайте о своих тренировках".

Вэй проверила свои приборы, ее маленький рост не соответствовал силе, которой она обладала. "Все системы готовы", - подтвердила она, и ее глаза встретились с глазами Клауса, который кивнул в ответ со спокойной уверенностью.

"Посадка через 60 секунд", - объявил Иван, чей голос оставался спокойным, несмотря на ощутимое напряжение в салоне.

Софи подалась вперед в своем кресле. "Вот он, - прошептала она, - момент, которого мы все так долго ждали". Рядом с ней Вэй пробормотал молитву на мандаринском языке. Она нервно постукивала пальцами по консоли. Она провела бесчисленные часы, расшифровывая древние марсианские иероглифы, украшавшие пирамиду, которую им предстояло исследовать. Эти символы обещали ответы - ответы, которые могли перевернуть историю человечества.

Двигатели спускаемого аппарата загорелись, подняв облако красной пыли. Поверхность мчалась навстречу им - мозаика кратеров и древних русел рек.

Были ли кратеры образованы в результате падения метеорита или вулкана, как они узнали из лекции Эмили, на такой скорости определить было невозможно. Сердце коммандера Харриса колотилось, когда он направлял корабль на плоскую равнину.

Солнце стояло низко и отбрасывало удлиненные тени на бесплодный ландшафт. Шасси шаттла выдвинулись, и марсианская пыль взметнулась вверх, когда он приземлился. Когда пыль осела, команда отстегнула ремни и встала. Шлюз с шипением открылся, и они ступили на марсианскую землю. Небо над ними было бледно-розовым, солнце - далеким оранжевым диском. Они стояли на пороге создания истории.

Последовавшая за этим тишина была глубокой.

Командир Харрис вышел первым, его ботинки погрузились в красноватую землю. Остальные последовали за ним, в их шлемах отражался окружающий их инопланетный мир.

Айвен вышел и осмотрел горизонт. От открывшейся панорамы он потерял дар речи.

Вэй включила гарнитуру-переводчик. В данный момент она была слишком занята, чтобы любоваться пейзажами. Она была полна решимости выполнить свою миссию и ничего не забыть.

Софи затаила дыхание. Она чувствовала волнение, но также и страх перед неизвестностью, которая ждала ее впереди.

В отличие от Софи, Клаус сохранял спокойствие и готов был без колебаний приступить к выполнению задания. Он сжимал в руках блокнот с данными.

"Добро пожаловать на Марс", - произнес коммандер Харрис, его голос эхом отдавался в шлеме. Эмили, первый офицер, присоединилась к командиру Харрису у люка снаружи. "Мы добрались", - сказала она, - "Теперь мы единственные люди на Марсе".

Айвен, второй офицер, присоединился к ним и сказал с эйфорией: "Давайте узнаем, какие секреты хранит эта планета".

Командир Харрис кивнул. "Но что нас здесь ждет? Что оставили после себя старые марсиане?"

У них был приказ - исследовать, собирать образцы и искать признаки прошлой жизни. Но коммандер Харрис чувствовал, что есть нечто большее - некое предначертание судьбы, влекущее их к марсианским тайнам.

На краю кратера Бамберг перед астронавтами открылся захватывающий вид на систему долин и ущелий. Этот причудливый ландшафт станет их новым домом на ближайшие несколько месяцев.

Пока пыль, поднятая приземлением, продолжала оседать, Вэй указал на далекий горизонт. "Командир, смотрите!"

Командир Харрис моргнул. Там, наполовину зарытая в песок, стояла пятигранная пирамида.

И вот, полные предвкушения, они направились к далекой пирамиде - реликту древней цивилизации, исчезнувшей много веков назад. Марсианские ветры шептали свои секреты, а астронавты шли вперед, готовые раскрыть тайны красной планеты.

Экипаж знал, что это будет путешествие, которое испытает их решимость, бросит вызов их вере и откроет отголоски затерянной во времени цивилизации.

Глава 6: Новый дом

Пирамида потребностей

Это была тяжелая прогулка для шести астронавтов, но перед этим они несколько месяцев тренировались вместе на Земле.

Однако гравитация на Марсе, составляющая примерно треть земной, дает как преимущества, так и проблемы для физической работоспособности и выносливости человека. Хотя меньший

вес облегчает передвижение и выполнение определенных
физических задач, долгосрочные последствия для здоровья,
такие как атрофия мышц, потеря плотности костей и ухудшение
работы сердечно-сосудистой системы, представляют собой
серьезную проблему.

Человеческий организм очень адаптивен, и со временем люди
на Марсе смогут привыкнуть к пониженной гравитации. Во
время космического полета все члены экипажа регулярно
выполняли программы упражнений, адаптированные к
воздействию гравитации на Земле, такие как тренировки на
сопротивление и использование специально разработанных
тренажеров, для поддержания здоровья мышц и костей. Для
возвращения на Землю после более длительного пребывания на
Марсе были разработаны протоколы реабилитации, которые
являются обязательными, поскольку организм должен
адаптироваться к более сильному гравитационному притяжению
Земли.

Казалось, прошло бесконечно много времени, прежде чем они
приблизились к месту назначения, или "области интереса", как
назвала ее Эмили в начале своей лекции: вулкан с соседней
пирамидой.

Медленно, но верно они могли разглядеть на горизонте свое
место обитания и марсоход, который должен был доставить их
обратно на орбиту к горизонту Ареса. Эти вещи уже были
доставлены туда перед пилотируемой миссией несколько лет
назад.

В случае со средой обитания было крайне важно, чтобы системы
жизнеобеспечения работали, а припасы с беспилотных зондов

были доставлены в целости и сохранности. Иначе они будут голодать и умирать от жажды.

Системы MRV также должны были работать надежно, иначе они окажутся в ловушке здесь, на планете. Питание будет осуществляться от солнечных батарей с резервным питанием, которые не должны быть сломаны или покрыты пылью. Кроме того, MRV (с обычным экипажем из 4-6 астронавтов) должен обеспечить 48-часовую систему жизнеобеспечения для подъема и рандеву на орбите. Производство топлива для MRV на Марсе осуществляется с помощью реакции Сабатье и твердооксидного электролиза. Эти процессы используют богатый CO_2 в марсианской атмосфере и водные ресурсы для производства метана и кислорода, обеспечивая устойчивое решение для возвращения миссий на Землю и поддерживая долгосрочное присутствие людей на Марсе.

Однако технология должна идеально функционировать как защитный экран, несмотря на неблагоприятные условия, такие как песчаные бури и интенсивное ультрафиолетовое излучение на планете, не имеющей значительной атмосферы.

Песчаные бури на Марсе - заметная особенность погоды на планете, возникающая регулярно и иногда в глобальных масштабах. Хотя тонкая атмосфера планеты ограничивает силу ветров по сравнению с Землей, мелкие частицы пыли и атмосферные условия способствуют значительным и частым пыльным бурям.

Клянусь дьяволом - буря приближалась...

Командир Харрис первым добрался до места обитания, за ним последовали поддерживающие его инженеры: Эмили и Вэй. Вместе инженеры буквально зажгли красный свет, после чего включили системы и издали недвусмысленный звук: "Стоп!".

Эмили сказала: "Сначала нам нужно провести тестовый запуск основной системы. Если все будет работать, тогда мы дадим зеленый свет!"

После первого пробного запуска они подняли большие пальцы вверх и хором сказали: "Есть!" и "Поехали!".

Шлюз выпустил пассажиров в пригодную для дыхания атмосферу при комнатной температуре. Средняя температура наружного воздуха на Марсе составляет около -63°C (-81°F).

Не успели они снять шлемы, как Иван неожиданно схватил Софи сзади и крикнул: "Стой, Софи!". Она испугалась и закричала. "А как же вон тот инопланетный монстр?"

Увидев, что он смеется над ней, Софи сердито оттолкнула его в сторону.

Командир Харрис нахмурился и снял шлем. "Ладно, голубки. Хватит играть в детские игры, нам предстоит выполнить серьезную миссию".

Из-за приближающегося шторма они решили пока не проверять MRV, а затаиться в своем обиталище. К счастью, все посылки с едой прибыли в целости и сохранности.

Основные потребности из знаменитой иерархии потребностей Маслоу, которую часто изображают в виде пирамиды, были удовлетворены: у них было жилье с кроватями, чтобы спать, воздух, чтобы дышать, еда и вода. И все были здоровы и невредимы. Все остальное на данный момент было чистой роскошью.

Решение дилеммы

Марсианская среда обитания гудела своими системами жизнеобеспечения, но и она не была застрахована от сбоев. Поначалу члены экипажа были рады, что основные системы работают без перебоев. Но в одну роковую ночь автоматические системы обиталища дали сбой. Свет стал мерцать, а температура стремительно падать. Инженеры Эмили и Вэй быстро определили причину: Один из отопительных приборов среды обитания вышел из строя из-за неисправного датчика в отсеке двухъярусной кровати. Температура быстро падала и угрожала здоровью экипажа. Инженеры попытались найти неисправность, но на ее устранение ушло бы несколько часов. Тем временем на стенах образовался иней, а дыхание экипажа висело в воздухе как призрачный шлейф. Пришлось запустить изо-лайт и отключить этот неисправный отсек с двухъярусной кроватью.

Командир Харрис сказал: "Теперь нам предстоит решить следующую дилемму: Нас шестеро астронавтов, а свободных коек только пять. Кому достанется короткий конец палки?"

К удивлению Эмили, она предложила: "Я пожертвую собой и переночую у Вэя". Вэй зашипел от злости.

Эмили была рада, что Клаус понял ее юмор, и подмигнула ему. Она все еще не простила ему того, что он отверг ее любовь после "небесного соперничества", хотя втайне снова надеялась на это.

Слово взял коммандер Харрис: "Значит, нам нужно ввести систему ротации, когда все по очереди спят на одной кровати".

Софи задрожала и закуталась в уютное одеяло. "Иван, отопление сломалось. Здесь холодно".

Иван, которого тоже била дрожь, кивнул: "Нам нужно беречь тепло тела. Совместное использование двухъярусной кровати - лучшее решение".

Софи заговорила: "Вовсе нет. Как вы все знаете, мы с Иваном вместе, так что мы будем спать в одной кровати. Проблема решена".

Иван кивнул и с готовностью сказал: "То, что вы делаете для страны и миссии..."

Они забрались на узкую койку, их дыхание ощущалось в ледяном воздухе. Светлые волосы Софи упали на подушку, а в карих глазах Ивана отразились озабоченность и решимость.

"Командная работа, да?" - сказала Софи, стиснув зубы.

"Безусловно", - ответил Иван. "Мы переживем это вместе".

Когда они прижались друг к другу, обмениваясь теплом и перешептываясь историями, Софи поняла, что иногда невзгоды создают самые крепкие узы. Нарушенная среда обитания сблизила их - в прямом и переносном смысле. И вот под марсианским небом Софи и Иван нашли утешение в общей койке, где их сердца оттаивали по мере снижения температуры.

Софи и Иван делили одну двухъярусную кровать, в то время как остальные астронавты занимали свои индивидуальные койки.

Буря

Небо над Марсом было обманчиво спокойным - бледно-голубое пространство, простирающееся в бесконечность. Но на третий день, по мере того как экипаж удалялся от места обитания в сторону марсианской пирамиды, горизонт снова потемнел. Эмили заметила это первой - далекая стена пыли поднималась, словно призрачное чудовище.

"Надвигается буря", - предупредила она по радио трескучим голосом. Астронавты бросились назад в поисках укрытия. Сердце командира Харриса бешено колотилось. Они готовились к этому, но симуляторы не могли передать ярость марсианской бури.

Ветер завывал и бил мелкие частицы по визорам. Видимость упала до нескольких метров. Клаус споткнулся, его датчики скафандра зарегистрировали изменения давления. "Держитесь!" - крикнул он и ухватился за камень.

Буря поглотила их целиком. Геологические инструменты Эмили исчезли в водовороте. Эмили вцепилась в тросы, связывающие ее со средой обитания. Технический ум Вэя рассчитывал нагрузку на скафандры.

А Софи - она пела. Ее голос пробивался сквозь хаос, хрупкая мелодия на фоне бушующих стихий. "Мы все еще здесь, - пела она, - бросая вызов гневу Марса".

Часы слились в вечность. Шторм сотрясал их жилище, его металл стонал. Гитара Ивана лежала брошенная, погребенная под красными обломками. Но они держались, шесть душ, цепляющихся за жизнь, за цель.

Когда буря наконец утихла, они вышли на поверхность. Пейзаж изменился - русло реки исчезло, камни переместились. Глаза Эмили расширились. "Смотрите!" - сказала она, указывая. Открылся разлом, обнажив слои марсианской истории - геологический дневник, вытравленный ветром и временем.

Они стояли на краю откровения, потрепанные, но целые. Марс испытал их на прочность, и они выжили. Когда пыль осела, командир Харрис прошептал: "Мы все еще первопроходцы".

Глава 7: Пирамида Марса

Марсианские сумерки отбрасывали красноватый отблеск на древнюю пирамиду, пять граней которой величественно возвышались над дном пустыни. Частично погребенное пылью и временем сооружение нависло над астронавтами - молчаливый свидетель забытой цивилизации? Команда, уже полностью акклиматизировавшаяся к окружающей обстановке, готовилась к первому тщательному исследованию загадочного сооружения.

Командир Харрис стоял у основания пирамиды, его внушительная фигура вырисовывалась на фоне восходящего солнца. "Итак, товарищи. Давайте творить историю".

Внешний вид: внушающая благоговение архитектура

Пирамида высотой почти 60 метров (200 футов) была построена из огромных блоков неизвестного, стекловидного черного камня. Эти блоки, соединенные между собой с такой точностью, что даже марсианская пылинка не смогла бы проскользнуть сквозь них, придали сооружению бесшовный вид. Каждая из пяти сторон пирамиды была украшена сложной резьбой и иероглифами, смысл которых был утерян со временем, но мастерство которых было узнаваемо в каждой детали.

Эмили, у которой наготове были геологические инструменты, подошла к пирамиде со смесью благоговения и волнения.

"Камень, использованный здесь, не похож ни на что, что я видела раньше. Он не с Марса".

Клаус присел рядом с ней, чтобы рассмотреть камень. "Он выглядит так, будто его импортировали, что говорит о высоком уровне технологий. Потрясающе".

Хотя поверхность пирамиды была истерта тысячелетиями воздействия суровых марсианских стихий, она все еще сохраняла полированный блеск. Гладкая, почти отражающая поверхность ловила свет так, что казалось, вся конструкция светится изнутри. Вдоль основания камень был покрыт тонким слоем марсианской пыли, которую команда аккуратно счистила, чтобы выявить более подробные надписи.

Символы и иероглифы

Вэй, жаждущая проявить себя, присоединилась к Эмили и Клаусу. "Нам нужно задокументировать каждую деталь. Иероглифы могут рассказать нам об их цивилизации".

Эмили и Вэй обменялись взглядами: их прежнее соперничество было сведено на нет общим любопытством. Они начали методично записывать надписи, их руки периодически соприкасались, когда они работали бок о бок.

Иероглифы, высеченные в камне, изображали сцены повседневной жизни, небесные карты и замысловатые геометрические узоры. Некоторые из символов были знакомы и напоминали древние земные языки шумерского и древнеегипетского происхождения, как объясняла Вэй на своей недавней лекции, в то время как другие надписи были совершенно чуждыми.

Эти надписи рассказывали о процветающем марсианском обществе, его выдающихся достижениях и загадочных тайнах, составляющих его цивилизацию.

Сцены повседневной жизни

Нижние секции пирамиды были украшены подробными изображениями повседневной жизни на древнем Марсе. На резьбе изображены человекоподобные марсиане с длинными конечностями и большими выразительными глазами, занятые различными видами деятельности.

Сельское хозяйство и сбор урожая:

Марсиане ухаживали за огромными полями странных трубчатых растений, которые росли на сухой марсианской почве. Они использовали усовершенствованные инструменты, испускающие лучи света, которые, казалось, стимулировали растения к росту. Также были показаны сцены праздников урожая, на которых марсиане отмечали щедрость своей земли музыкой, танцами и общими пирами.

Эмили заговорила первой. "Резьба свидетельствует о глубоком понимании окружающей среды. В частности, сельскохозяйственные сцены указывают на то, что они освоили технику выращивания урожая на марсианской почве.

Инструменты, которые они использовали, испускали лучи света, возможно, чтобы стимулировать рост растений. Это указывает на то, что они обладали передовыми биотехнологическими знаниями".

Клаус кивнул в знак согласия. "Действительно, Эмили. Изображенные на снимке трубчатые растения не похожи ни на что земное, но их методы выращивания указывают на высокий уровень агрономии. Если мы сможем понять эти методы, это может произвести революцию в земледелии в экстремальных условиях, даже на Земле".

Эмили по-прежнему была сосредоточена на исследовательской работе, но в то же время ей пришлось признаться себе, что в ней снова поднимается чувство привязанности к Клаусу.

Семья и социальная структура:

Еще одна серия рисунков изображала марсианские семьи. Родители рассказывали своим отпрыскам, которые выглядели уменьшенными копиями их самих, о своей культуре и традициях. Акцент на общине и передаче знаний говорит о том, что общество уделяло большое внимание образованию и социальной сплоченности.

Иван так прокомментировал эти изображения марсианских семей и социальных структур. "Эти рисунки указывают на то, что в обществе большое внимание уделялось общине и образованию. Передача знаний была краеугольным камнем их общества и, вероятно, способствовала их прогрессу. Их медицинская практика, если какие-то из символов относятся к здравоохранению, может выходить далеко за рамки того, что мы знаем сегодня".

Эмили добавила: "Семейные сцены также указывают на то, что они ценили социальную сплоченность, которая, возможно, сыграла свою роль в их способности достичь таких технологических и культурных высот".

Технологические и архитектурные чудеса

Дальше по пирамиде резьба посвящена технологическим достижениям марсиан. Эти разделы иллюстрировали их глубокое понимание технологий и архитектуры.

Вэй указал на раздел резьбы, где были изображены городские пейзажи марсиан. "Их города были шедеврами инженерного искусства. Плавучие платформы и соединительные мосты наводят на мысль, что они разработали антигравитационную технологию или что-то подобное. Посмотрите на силовые каналы - они использовали энергию ядра планеты и солнечную энергию с невероятной эффективностью".

Городские пейзажи и здания:

Марсиане жили в разросшихся городах с высокими зданиями из того же черного камня, что и пирамиды. Эти здания были соединены сложными сетями мостов и пешеходных дорожек. На резьбе изображена шумная городская жизнь, в которой марсиане передвигались как по пешеходным дорожкам, так и на платформах, подвешенных над землей.

Энергия и источники энергии:

Несколько панелей показывают, как марсиане получали энергию из ядра планеты и солнца. Они использовали устройства, похожие на солнечные батареи и геотермальные краны.

На одной из особенно детальных резьб был изображен большой центральный энергетический центр, окруженный каналами, по которым энергия распределялась в разные части города.

Исследование небес и астрономия

Верхние секции пирамиды были посвящены увлечению марсиан звездами и исследованию космоса.

Звездные карты и обсерватории:

В камне были высечены замысловатые карты ночного неба, демонстрирующие знания марсиан о созвездиях, планетах и небесных явлениях. Они построили обсерватории, изображенные в виде высоких стройных башен с большими сферическими вершинами, в которых, возможно, находились современные телескопы. Эти обсерватории были ориентированы на различные небесные тела, что свидетельствовало о точных астрономических расчетах марсиан.

Иван наклонился ближе, его дыхание затуманило визор шлема. "Эти глифы, - сказал он, - говорят о космическом выравнивании, о звездных картах, выгравированных в камне". Вэй поправила гарнитуру переводчика. "Марсиане понимали, что такое небесная навигация, - пробормотала она.

Командир Харрис изучал основание пирамиды. "Мы находимся на пороге открытия", - сказал он. "Что скрывается внутри?"

Космические корабли и межпланетные путешествия:

Одна из особенно увлекательных серий резьбы изображает попытки марсиан отправиться в космическое путешествие. Они построили элегантные аэродинамические корабли, способные совершать межпланетные путешествия. Эти корабли отправлялись из больших космических гаваней к другим планетам, что говорит о том, что марсиане широко исследовали свою Солнечную систему.

Софи была очарована изображениями космических кораблей. "Их возможности по перемещению в космосе поражают воображение. Эти корабли изящны и созданы для межпланетных путешествий. Если мы сможем расшифровать, как они приводили в движение эти корабли, это может на десятилетия продвинуть наши собственные начинания по освоению космоса".

Иван присоединился к ней и сказал с оттенком обаяния: "Ну и куда бы вы хотели, чтобы мы отправились вместе? В галактику Андромеды?"

Софи озорно подмигнула: "Мне все равно, лишь бы ты меня не бросил".

Иван целует ее в руку, на которую указывает из шлема.

Культурные и духовные практики

Резьба также дает информацию о духовной и культурной жизни мучеников и указывает на их верования и ритуалы.

Храмы и церемонии:

Марсиане строили большие храмы с высокими арками и замысловатыми мозаиками. В этих храмах они проводили церемонии, очевидно, в честь небесных событий и природных явлений. На резьбе изображены марсиане в изысканных одеяниях, собравшиеся вокруг алтарей и исполняющие ритуальные танцы и песнопения.

Иероглифы и священные тексты:

Сами иероглифы свидетельствовали о наличии у марсиан письменности и записей. Эти символы, которые Эмили и Вэй тщательно документировали, передавали сложные идеи и повествования. Некоторые таблички оказались священными текстами, отражающими мифы о сотворении мира и представления марсиан о Вселенной.

Тайны и загадочные символы

Затем команда перешла к более загадочным символам - вратам и хранителям.

Вэй выделил раздел с картами неба. "Эти карты свидетельствуют о детальном понимании космоса. Их обсерватории были сосредоточены на небесных телах, что указывает на точные астрономические расчеты. Эти знания могли иметь решающее значение для навигации и, возможно, даже для использования шлюза".

Командир Харрис вмешался: "Шлюз - самый интригующий аспект. На этих рисунках изображены марсиане, пересекающие его, что позволяет предположить, что это был портал в другие миры или измерения. Если мы поймем, как его активировать, то сможем мгновенно преодолевать огромные расстояния".

Врата:

На нескольких резьбах были изображены таинственные врата - большая круглая структура, украшенная глифами и светящаяся внутренним светом. Марсиане были изображены проходящими через эти врата, что позволяет предположить, что это был портал в другие миры или измерения. Точная природа и назначение этих ворот оставались манящей тайной, вызывая бесконечные спекуляции среди команды.

Хранители:

Еще одним повторяющимся мотивом было присутствие фигур хранителей. Эти хранители, всегда изображенные парами, следили за важными объектами и реликвиями. Похоже, они выполняли защитную функцию, возможно, чтобы сохранить знания и сокровища марсианской цивилизации. Клаус посмотрел на фигуры хранителей и высказал свои мысли. "Эти хранители - всегда изображенные парами - наводят на мысль, что они играли важную роль в защите важных объектов и реликвий. Они могли быть не только символическими; возможно, они были частью сложной системы безопасности".

Великий катаклизм - катастрофа:

На вершине пирамиды резьба приняла более мрачный оборот, изображая сцены смятения и разрушения. На этих панелях изображен великий катаклизм, постигший марсиан, в результате которого рухнули города и разверзлась земля. Судя по рисункам, это событие привело к гибели их цивилизации, но его причина оставалась неясной и была окутана слоями символов и загадочных иероглифов. Обсуждение приняло мрачный оборот, пока они размышляли над сценами, изображающими великий катаклизм.

Эмили негромко сказала: "На этих рисунках разрушения изображены рушащиеся города и раскалывающаяся земля. Марсиане столкнулись с катаклизмом, но его причина остается неясной. Это могло быть что-то естественное, например мощный тектонический сдвиг, или что-то совсем другое".

Иван добавил: "Понимание этого катаклизма крайне важно. Если это была катастрофа, вызванная марсианами, мы должны учиться на их ошибках, чтобы избежать подобной участи для наших собственных цивилизаций".

Подведение итогов

После изнурительного полета (марсианские сутки длятся около 24 часов 39 минут, что немного дольше земных) экипаж вернулся в свое обиталище уставшим. Однако все еще были на пике адреналина из-за захватывающих открытий.

После ужина командир Харрис подвел итоги: "Мы обнаружили огромное количество информации о высокоразвитом и продвинутом марсианском обществе. Их достижения в сельском хозяйстве, технологиях и космических путешествиях необычайно велики. Меня очень заинтриговало то, что в период расцвета их развитой цивилизации они, очевидно, пережили упадок неизвестного происхождения. Наши следующие шаги должны быть направлены на поиск пути внутрь пирамиды".

Софи кивнула, ее глаза сияли решимостью. "Мы стоим на пороге чего-то грандиозного. Мы должны почтить ее наследие, узнав все, что сможем, и разумно используя это". Айвен сжал ее руку в знак поддержки. Эмили и Вэй обменялись решительным взглядом. "Согласны", - сказала Эмили. "И мы думаем, что нашли ключ к разгадке, как попасть внутрь, но нам предстоит еще много копать".

Клаус установил тайную связь с Эмили, и они оба знали, что не смогут проявить зарождающиеся чувства на глазах у остальных, особенно у Вэя, пока они заперты здесь. Вскоре после вечернего сеанса Сола все отправились спать. Они забрались в свои отдельные отсеки, а Софи и Иван легли, прижавшись друг к другу, на общей койке. Впрочем, заснули не все. Эмили все еще не отошла от вновь нахлынувших чувств и продолжала думать о Клаусе. Как это могло произойти с ней снова? Она не могла дать этому разумного объяснения.

Глава 8: Каменное лицо пришельца

На следующий сол команда приступила к работе с новой силой и чувством единства, окрыленная осознанием того, что их открытия на Марсе могут перевернуть представление человечества о Вселенной и его месте в ней. Эмили и Вэй, обладая совместными знаниями в области инженерии и геологической архитектуры, определили наиболее вероятное место для поиска шлюза.

Тем временем Иван и Софи кружили вокруг здания и соответственно искали вход. Их зарождающийся роман придавал их шагам легкость и ощущение приключения.

"Вот, - сказала Софи, указывая на место, где песок, казалось, был взрыхлен. "Это может быть вход".

Через несколько часов с помощью машин они расчистили еще больше песка, и перед ними предстало колоссальное каменное лицо.

Вскоре после этого Иван обнаружил скрытый вход: "Похоже, мы нашли вход".

Каменное лицо, высеченное в грани пирамиды, казалось, следило за ними глазами.

Софи прошептала: "Это невероятно. Должно быть, это какой-то оберег. Или предупреждение".

Иван кивнул. В его голосе звучало благоговение. "Или маркер, указывающий на что-то значительное за ним".

Они позвали на помощь других членов экипажа.

Вэй протянула руку в перчатке. "Он разумный, - сказала она, - сознание, запертое в камне".

Эмили говорит: "Пирамида, похоже, является космической библиотекой. Хранилище знаний, оставленное звездной расой".

Командор Харрис кивнул. "А мы - хранители", - сказал он. "Мы избраны, чтобы раскрыть секреты".

Лицо было одновременно инопланетным и жутко человеческим: большие миндалевидные глаза, четко очерченные брови и выражение безмятежной мудрости. Рот был слегка приоткрыт, как будто собирался заговорить, а лоб и щеки украшали замысловатые узоры.

Каменное лицо высотой почти 20 метров внушительно и благоговейно охраняло вход в пирамиду. Лицо было высечено из того же черного, стеклянного камня, что и остальные части пирамиды, но, казалось, оно обладало уникальным качеством, как будто было пропитано сознанием, которое тысячелетиями наблюдало за марианским ландшафтом.

Глаза

Глаза были самой яркой чертой лица. Они были большими и миндалевидными, с небольшим наклоном кверху по внешним краям, что придавало им задумчивый и мудрый вид. Несмотря на то что они были высечены из камня, глаза казались почти живыми, как будто могли видеть сквозь время и пространство. В зрачки был вставлен другой камень, возможно, древняя разновидность оникса или обсидиана, который притягивал свет и заставлял глаза жутко мерцать в марсианских сумерках.

Вокруг глаз на камне были выгравированы сложные узоры, напоминающие смесь небесных карт и математических схем. Эти узоры могли отражать понимание цивилизацией космоса или ее духовные верования.

Брови и лоб

Лоб был ярко выраженным и сильным, придавая лицу выражение властности и интеллекта. Лоб был широким и украшен сложной резьбой, которая органично сочеталась с узорами вокруг глаз. В центре лба, прямо над бровями, находилась большая круглая эмблема, похожая на третий глаз. Эмблема была окружена лучистыми линиями и геометрическими фигурами, что наводило на мысль о ее важном значении, возможно, символизирующем просветление или высшее состояние сознания.

Щеки и нос

Щеки были гладкими и мягко изогнутыми, контрастируя с более угловатыми чертами лба и глаз. Они были тонко вырезаны и выглядели как плавные линии, похожие на усики инопланетного растения или течения марсианской реки. Эти линии сходились в носу, длинном и прямом, с раздувающимися ноздрями, которые придавали лицу чувство достоинства и силы.

Рот

Рот был слегка приоткрыт, и внутри него виднелся механизм, который, судя по всему, служил замком для скрытого входа. Губы были полными и четко очерченными и вырезаны так искусно, что, казалось, они способны говорить. Внутри рта виднелись сцепленные шестеренки и рычаги, намекающие на передовые технологии, скрытые за каменным фасадом.

Линия челюсти и подбородок

Линия челюсти была сильной и угловатой, переходящей в широкий квадратный подбородок. Сам подбородок был украшен дополнительной резьбой, в том числе символами и изображениями древних марсианских существ. Эта резьба плавно переходила в основание лица и соединяла его с пирамидой, как будто вся конструкция была единым, цельным произведением искусства.

Общее впечатление

Каменное лицо излучало вечную мудрость и авторитет, словно хранитель всех тайн, заключенных в пирамиде. Его выражение было безмятежным, и, несмотря на инопланетные черты, в нем было что-то странно знакомое, как будто он был мостом между человеческой и марсианской цивилизациями.

Резьба и символизм

Замысловатые узоры и резьба, украшавшие грани, были не просто декоративными, но, похоже, имели глубокий символический смысл. Небесные карты свидетельствовали о развитом понимании астрономии, возможно, указывая на то, что цивилизация, построившая пирамиду, составляла карты звезд и, возможно, даже путешествовала между ними. Математические рисунки указывали на высокоразвитые научные знания, а плавные линии и геометрические формы свидетельствовали о культуре, которая ценила как искусство, так и науку.

Открытие входа

Командир Харрис собрал команду. "Давайте выясним, как попасть внутрь".

Эмили опустилась на колени, чтобы осмотреть блоки песчаника. "Я работаю над этим. Пирамида - это врата, - сказала она, - портал к знаниям, о которых мы даже не мечтали".

Софи вздрогнула. "И опасностям", - добавила она. "Марсиане хранили свои секреты".

Клаус окинул взглядом горизонт. "Мы не одни, - сказал он. Смотрите - там, вдали.

Тень шевельнулась - из марсианской пыли появилась фигура. Иван вздрогнул. "Привидение?" - спросил он вслух.

Клаус обернулся и ответил: "Наверное, это был мираж".

Софи согласилась и сказала: "Да, это был просто мираж". Так было официально, но она думала иначе и надеялась, что их действительно обманули визуально.

С одной стороны, после десятилетий беспилотного исследования Марса не было найдено никаких доказательств существования жизни. С другой стороны, несмотря на интенсивные исследования, открытие марсианской пирамиды осталось незамеченным. Как это могло произойти так легко? Или у власти стояли люди, которые хотели не допустить, чтобы некоторые открытия стали достоянием общественности? Но это было бы уже из области теорий заговора. Поэтому Софи быстро отбросила эти мысли, присоединилась к группе и сосредоточилась на своей текущей проблеме - как открыть вход. Эмили, изучая лицо, заметила нечто странное. "Посмотрите на рот. Он слегка приоткрыт, и внутри есть какой-то механизм".

Вэй с ее инженерным образованием шагнула вперед. "Похоже на запорный механизм. Если мы придумаем, как его активировать, то сможем открыть дверь".

Они внимательно осмотрели каменное лицо и поняли, что в отверстии рта находится ряд маленьких, взаимосвязанных шестеренок и рычагов. Над лицом находился ряд символов, вписанных в камень и расположенных по кругу.

Als Emily die Symbole mit ihren Fingern nachzeichnete, kam ihr внезапно пришла идея. "Эти символы совпадают с некоторыми иероглифами, которые мы задокументировали ранее. Возможно, это код".

Вместе команда расшифровала символы и обнаружила, что они представляют собой числа и направления. Используя опыт Вэя,

они выровняли шестеренки и рычаги в соответствии с
рисунком.

Когда они завершили последовательность действий, в пирамиде
раздался низкий гул. Каменное отверстие открылось шире,
обнажив скрытую панель с большой круглой ручкой.

Командир Харрис глубоко вздохнул и потянулся к ручке. "Здесь
ничего не работает".

Он повернул ручку, и с громким древним стоном массивная
каменная плита медленно отодвинулась в сторону, открыв
темный проход.

Глава 9: Космическая библиотека

Проход

Когда каменная плита открылась с глубоким, отдающимся эхом стоном, вход в пирамиду открыл темный проход, манящий астронавтов внутрь древнего марсианского сооружения.

Командир Харрис собрал команду. "Давайте войдем вместе. Будьте бдительны и все документируйте".

Команда включила прожекторы и осторожно шагнула в неизвестность, свет прорезал густую темноту и отбрасывал жуткие тени на стены.

Состав воздуха на Марсе сильно отличается от земного. Марсианская атмосфера разрежена и состоит в основном из углекислого газа. Поэтому марсианская среда создавала свои собственные проблемы. Команда была одета в специально разработанные скафандры, которые защищали их от разреженной атмосферы и экстремальных температур. Скафандры, оснащенные передовыми системами фильтрации, позволяли дышать с комфортом и не пропускали постоянно присутствующую марсианскую пыль.

Стены, выполненные из того же черного материала, что и внешние стены, слегка мерцали на свету и отражали слабые оттенки синего и зеленого.

Эмили провела пальцами по поверхности стены. "Этот материал... это не просто камень. В него встроена

кристаллическая структура. Я никогда не видела ничего
подобного".

Вэй опустился на колени, чтобы осмотреть пол. "Эти бороздки...
Они не случайны. Они были созданы специально, чтобы
направлять что-то - возможно, воду или какую-то энергию".

По мере того как они шли дальше, стены коридора становились
все более богато украшенными. Камень украшала резьба,
похожая на ту, что была снаружи, но еще более детальная, с
яркими рельефными изображениями сцен из марсианской
жизни.

Резьба вдоль коридора рассказывала о хронологической истории марсианской цивилизации. Первые разделы показывали зарождение, когда марсиане развивали свои технологии и осваивали окружающую среду. Фигуры строили сооружения, экспериментировали с ранними источниками энергии и наносили на карту звезды.

По мере того как резьба продвигалась вперед, она переходила к сценам технологических чудес. Появились изображения летающих машин, огромных подземных городов и сложных энергетических сетей. Казалось, марсиане достигли высокого технологического уровня и органично вписали свои достижения в повседневную жизнь.

Между технологическими сценами были и изображения культовых и духовных действий. Марсиане изображены во время сложных церемоний, танцующими вокруг больших каменных алтарей и, очевидно, медитирующими в обществе. Эти сцены наводили на мысль о глубоко духовной культуре, которая почитала как свои технологические достижения, так и мир природы.

Продвигаясь вглубь коридора, команда заметила слабые светящиеся линии вдоль стен и потолка. Эти линии, сначала едва заметные, с каждым шагом становились все четче, отбрасывая мягкий рассеянный свет, освещавший их путь. Софи протянула руку и коснулась одной из светящихся линий. "На ощупь она теплая. Должно быть, это какой-то древний источник энергии, который все еще активен спустя столько лет".

Иван завороженно смотрел на светящиеся линии. "Такой уровень устойчивой выработки энергии необычен. Должно быть, они нашли способ использовать и хранить энергию с невероятной эффективностью".

Камера пирамиды

Пройдя по извилистому коридору целую вечность, команда вошла в большую камеру. Это было огромное помещение с высокими потолками и стенами, покрытыми детальной резьбой и иероглифами. В центре камеры находилась большая круглая платформа, окруженная каменными пьедесталами.

Эмили восхитилась: "Это невероятно. Эти рисунки изображают их повседневную жизнь, их ритуалы".

Клаус подошел к особенно подробной панели. "Посмотрите на это. Это изображение ворот. Должно быть, они часто пользовались ими".

Глаза Вэй расширились, когда она перевела символы. "Здесь говорится, что врата были мостом между мирами и использовались их учеными и исследователями".

Командир Харрис, стоявший в центре комнаты, почувствовал, как по позвоночнику пробежала дрожь. "Нам нужно выяснить, как они работают. Это может стать ключом к пониманию всей их цивилизации". Затем он ступил на платформу. "Должно быть, это какой-то центральный узел. Посмотрите на эти пьедесталы - они расположены в продуманном порядке". Эмили осмотрела одну из цоколей и обнаружила на ее поверхности древнюю марсианскую надпись. "Эти символы отличаются от тех, что снаружи. Они более сложные, почти как усовершенствованная форма их письменного языка".

Вэй осмотрел платформу и заметил ряд небольших углубленных кругов. "Это могут быть точки активации. Если мы разберемся в последовательности, то сможем получить доступ к тому, для чего предназначалась эта камера".

Вместе они осторожно нажимали на углубленные круги в различных комбинациях. После нескольких попыток камеру заполнил низкий гул, а пьедесталы начали светиться мягким голубым светом.

Над каждым пьедесталом замелькали голографические изображения: подробные карты, диаграммы и потоки текста на марсианском языке.

Глаза Софи расширились. "Это их информационная библиотека. Мы изучаем их историю, их технологии, все".

Иван, переходя от одного пьедестала к другому, был заворожен серией голографических изображений, демонстрирующих медицинские процедуры и анатомические исследования. "Их медицинские знания невероятно развиты. Мы можем многому у них научиться".

Команда провела несколько часов, взаимодействуя с голографическими дисплеями, причем каждый астронавт погрузился в свою область знаний. Они делали скрупулезные записи, рисовали голограммы и переводили тексты, чтобы собрать воедино грандиозное повествование о марсианской цивилизации. Эмили, которая была поглощена геологическими данными, прокомментировала: "Их понимание планетарной науки было невероятным. Им удалось стабилизировать свою среду и создать устойчивые экосистемы даже в таких суровых условиях".

Вэй, анализировавший энергетические системы, добавил: "Если мы сможем воспроизвести их энергетические технологии, то сможем решить многие энергетические проблемы Земли. Их эффективность и устойчивость превосходят все, что мы имеем".

Иван, которого до сих пор поражают медицинские голограммы, говорит: "Их достижения в области медицины могут произвести революцию в нашем здравоохранении. Представьте себе лечение болезней на клеточном уровне и мгновенную регенерацию поврежденных тканей".

Командир Харрис не спускал глаз с часов. "Нам нужно расставить приоритеты, что мы можем взять с собой. Сосредоточьтесь на самой важной информации - энергии, медицинских достижениях и механизме шлюза".

Углубившись в изучение вопроса, команда обнаружила на основании шлюза серию зашифрованных голографических сообщений. Эти послания относились к последним дням марсианской цивилизации и описывали их усилия по сохранению знаний и обеспечению возможности их использования будущими исследователями. Софи расшифровала последнее сообщение вместе с Эмили и Вэем. "Они знали, что их конец неминуем. Они зашифровали свои знания, чтобы спасти их от потери. Эти врата были не просто технологическим чудом, это была их последняя надежда, способ добраться до других цивилизаций и сохранить свое наследие".

Рассматривая биологические данные, Клаус добавил: "Их понимание самой жизни было глубоким. Они считали биологию и технологию взаимосвязанными и использовали их для достижения гармонии, о которой мы можем только мечтать".

Эмили и Вэй работали над переводом текстов. "Это займет время, - сказала Эмили, - но эти документы могут стать ключом к пониманию их технологии и, возможно, даже к вратам".

Командир Харрис приказал: "Вольно! Я понимаю ваш энтузиазм, но на сегодня хватит. Уже поздно. У нас много домашней работы. Мы вернемся в эту библиотеку завтра".

Эмили и Вэй неохотно сдались и встали, чтобы отправиться в обратный путь. Клауса они поставили в центр, а Софи и Иван шли в арьергарде.

Как только они вышли из комнаты, голографическая проекция информационной библиотеки автоматически выключилась. Сегодня они собрали огромное количество данных, которые использовали для следующего соединения с управлением миссии на Земле для ежедневного брифинга. На Земле несколько команд, целая армия специалистов из области инженерии, физики, геологии, биохимии, астрономии и лингвистики, с нетерпением ждали, чтобы расшифровать и проанализировать данные, предоставленные командой с Марса. Естественно, все происходило в обстановке строжайшей секретности - совершенно секретно! Народы мира должны были быть хорошо подготовлены своими правительствами, потому что неосторожное раскрытие информации общественности могло привести к хаосу. И наоборот, астронавты полагались на анализ данных, присланных с Земли. На основе этой ценной информации, интерпретаций и рекомендаций команда марсиан сможет принять оптимальное решение о том, кто, где, когда и что должен делать в предстоящих ситуациях.

Космическая библиотека - это не просто хранилище знаний, это свидетельство невероятных достижений марсианской цивилизации и их непреклонного желания сохранить свое наследие. Когда команда готовилась покинуть камеру, они понимали, что лишь поцарапали поверхность того, что могла предложить эта древняя цивилизация. Открытия, которые они сделали в космической библиотеке, не только изменят представление человечества о Марсе, но и проложат путь для будущих исследований и технологических достижений. С сердцами и умами, полными новых знаний, астронавты отправились раскрывать секреты шлюза, готовые начать следующую главу своего необычного путешествия на Марс.

Глава 10: Любовь и соперничество

Однозначные отношения или нет?

Тусклый свет в камере пирамиды отбрасывал удлиненные тени на каменные стены. Софи стояла возле странного каменного лица, его загадочные глаза все еще преследовали ее мысли. Иван наблюдал за ней из другого конца комнаты. Их связь углубилась с момента прибытия на Марс - общая тайна выходила за рамки миссии.

Софи провела пальцами по символам на каменной стене, которые, казалось, пульсировали энергией. Иван подошел ближе, его шаги тихо ступали по пыльному полу. "Софи, - тихо сказал он, - мы являемся частью чего-то большего, чем мы сами".

Она повернулась к нему, ее глаза искали его. "Иван, - прошептала она, - что, если любовь запретна? Что если наши чувства ставят все под угрозу и мы пренебрегаем своими обязанностями?"

Он взял ее за руку, и это прикосновение повергло их обоих в шок. "Запретная любовь, - сказал он, - часто бывает самой сильной".

У Вэя были свои желания. Несмотря на разочарование после их романтического свидания на "Горизонте Ареса", Клаус завоевал ее сердце. Она наблюдала за Софи и Иваном издалека.

Однажды вечером, когда команда собралась у голографического экрана, Вэй бросила вызов Эмили. "Клаус, - твердо сказала она, - кого ты выберешь?"

Клаус колебался, разрываясь между двумя женщинами. "Наша задача, - сказал он, - открыть врата. Но наши сердца..." Он посмотрел на Софи и Ивана. "У наших сердец другие планы".

Софи прислонилась к Ивану, и их любовь стала маяком во тьме. "Мы найдем способ, - сказала она, - открыть врата и защитить наш хрупкий мир".

Но в глазах Вэя была решимость. "И если любовь - это ключ, - сказала она, - то я не сдамся без боя".

Пока пирамида раскрывала свои секреты, астронавты боролись со своими желаниями, судьбой и космическими силами, которые связывали их вместе.

Атмосфера в марсианской пирамиде становилась все более напряженной не только из-за секретов, которые они разгадывали, но и из-за сложной паутины чувств между членами экипажа. Взаимодействие между Вэем, Эмили и Клаусом стало фокусом товарищества и напряжения.

С самого начала было ясно, что между Вэем и Клаусом существует уникальная связь. Их взаимное уважение и общие научные пристрастия заложили прочный фундамент для их отношений.

Острый интеллект Вэя и его любовь к открытиям как инженера и лингвиста дополнялись аналитическим умом Клауса и его знаниями в области биологии и химии. Они часто работали вместе часами, и их разговоры плавно переходили от технического к личному.

Клаус восхищался целеустремленностью и изобретательностью Вайс. Ее способность расшифровывать древние марсианские символы и понимать их технологии произвела на него глубокое впечатление. Со временем он обнаружил, что тянется к ней не только как к коллеге, но и как к доверенному лицу и другу.

Поначалу Эмили держалась особняком и была сосредоточена на своей работе. Однако, заметив растущую близость между Вей и Клаусом, она снова начала испытывать к нему чувства. Очарование Эмили интеллектом Клауса и его методичным подходом к ее открытиям переросло в более глубокую эмоциональную связь. Ее спокойная сила и независимость были качествами, которыми Клаус восхищался. Однако он больше сосредоточился на своих профессиональных отношениях с Вэй.

Переведено с помощью DeepL.com (бесплатная версия)Однако первые признаки соперничества появились вновь, когда Эмили стала проводить больше времени с Клаусом. Она часто спрашивала его мнение о геологических находках и формулировала свои вопросы так, чтобы подчеркнуть собственную проницательность. Клаус, ценивший ее опыт, приветствовал эти дискуссии, не понимая их эмоционального подтекста.

По сравнению с экспрессивной Софи британская Эмили отличалась более сдержанным характером. Она полагалась на свои интеллектуальные способности, чтобы привлечь внимание Клауса. Ее беседы с ним были очень увлекательными и часто заставляли Клауса подолгу размышлять о том, чем закончится их разговор.

Вэй заметил, что Эмили все чаще появляется рядом, и почувствовал неуверенность. Ее связь с Клаусом была сильной, но тихая настойчивость Эмили заставляла ее сомневаться. Вэй доверилась коммандеру Харрису, который стал для нее наставником и помощником.

Командир Харрис сказал: "Вэй, у вас с Клаусом настоящая связь. Не позволяйте поведению Эмили подорвать ваше доверие. Поговорите с Клаусом, честно признайтесь в своих чувствах".

Однажды вечером, после особенно напряженного дня исследований, Вэй решила разобраться в ситуации. Она нашла Клауса в одной из комнат, изучающего ряд иероглифов.

Вэй подошла к Клаусу и спросила его: "Клаус, мы можем поговорить?".

Клаус поднял голову и почувствовал серьезность в ее тоне. "Конечно, Вэй. Что у тебя на уме?"

Вей глубоко вздохнул. "Я заметил, что Эмили проводит с тобой много времени. Это меня обеспокоило, потому что... ну, потому что ты мне небезразличен".

Глаза Клауса засияли. "Вэй, я и понятия не имел. Я ценю наше совместное время и то, что мы построили. Эмили - коллега и друг, но ты... Ты значишь для меня больше, чем это. Вэй - вэйда!" Клаус сделал игру слов на китайском языке с именем Вэй, потому что 威 "Вэй" означает "престиж", а 伟大 "вэйда" - "великий".

Волею судьбы к разговору присоединилась Эмили. Она пришла поговорить с Клаусом о последних геологических открытиях, но вид Вэя и Клауса в такой интимной обстановке заставил ее задуматься.

Эмили прервала ее своим комментарием: "Простите, я не хотела вас прерывать".

Вэй повернулась к Эмили, выражение ее лица выражало уязвимость и разочарование. "Эмили, нам нужно поговорить. Эта ситуация... Она затрагивает нас всех".

Эмили кивнула, понимая всю серьезность ситуации. "Ты права. Давай поговорим". Они сели втроем, в воздухе чувствовалось напряжение.

 "Вэй, Клаус... Я должна быть честной. У меня появились чувства к Клаусу. Но я никогда не собиралась вставать между вами. Мои чувства росли из восхищения и уважения, но сейчас я понимаю, что перешла черту".

Клаус посмотрел на обеих женщин, его голос был тверд. "Мы - одна команда, и наша миссия слишком важна, чтобы позволить личным чувствам стать причиной раздора. Эмили, я уважаю тебя и ценю твой вклад, но мое сердце принадлежит Вэю".

Этот разговор, хотя и был непростым, принес чувство ясности и взаимного уважения. Эмили осознала силу связи между Вэем и Клаусом и решила отступить и направить свою энергию на выполнение миссии. Они с Вэем договорились поддерживать друг друга как коллеги и друзья.

Вэй сказал Эмили: "Эмили, спасибо тебе за честность. Я тоже тебя уважаю и надеюсь, что мы сможем и дальше работать вместе без напряжения".

Эмили ответила: "Конечно, Вэй. Давайте сосредоточимся на том, что привело нас сюда. Секреты Марса гораздо важнее наших личных чувств". Она говорила так, но втайне была не согласна и не хотела так просто сдаваться. За сдержанной британской манерой поведения, которая обволакивала ее, словно защитная оболочка, скрывалась боевая девушка, готовая побороться с Вэем за Клауса. Все, что ей было нужно, - это терпение и подходящий момент, чтобы атаковать стрелами любви.

Клаус, почувствовав облегчение от того, что проблема решена, ощутил новое чувство единства в команде. Он был благодарен за честность и зрелость, с которыми обе женщины разобрались в ситуации.

Пробужденные сердца

Марсианская пирамида таит в себе множество секретов, но ни один из них не является столь сложным и личным, как чувства между исследователями. Разрешение конфликта между Вэем, Эмили и Клаусом принесло временный мир, но притяжение и невысказанные чувства остались. По мере того как команда все глубже погружалась в тайны древней марсианской цивилизации, отношения между ними приняли неожиданный оборот.

Хотя Эмили отстранилась, ее чувства к Клаусу не просто исчезли. Она уважала связь между Клаусом и Вей, но не могла игнорировать то, что чувствовала. Эмили направила свои чувства на работу, надеясь показать себя не только как способного ученого, но и как человека, достойного восхищения Клауса.

Эмили с головой погрузилась в геологические исследования и открыла для себя важные сведения о марсианском ландшафте и его истории. Ее самоотверженность и открытия снискали ей уважение всей команды, включая Клауса. Однажды, исследуя недавно обнаруженную камеру, Эмили наткнулась на серию высечек, которые, казалось, отражали марсианское понимание планетарной геологии и управления ресурсами. Осознав значимость своей находки, она немедленно разыскала Клауса.

Эмили обратилась к нему со следующими словами: "Клаус, ты должен это увидеть. Эти рисунки иллюстрируют методы марсиан по использованию планетарных ресурсов. Мы никогда не видели ничего подобного раньше".

Клаус, очарованный волнением Эмили, последовал за ней в камеру. Когда они вместе рассматривали резьбу, их общая страсть к открытиям возродила связь между ними.

Клаус с энтузиазмом ответил: "Это невероятно, Эмили. Твои выводы могут перевернуть наше представление о геологии Марса и использовании ресурсов".

Совместная работа над этим проектом сблизила их и напомнила Клаусу об интеллектуальной синергии и химии, которую он разделял с Эмили. Чем больше времени они проводили вместе, тем больше Клауса привлекали ее стойкость и гениальность.

Тем временем обязанности Вайс продолжали расти. Ее знания в области технологий и лингвистики были крайне важны для расшифровки марсианских технологий и символов. Чем больше она погружалась в работу, тем меньше времени проводила с Клаусом.

Вэй оставалась преданной своей миссии, но не могла не замечать возобновившуюся близость между Клаусом и Эмили. Хотя она доверяла Клаусу, она чувствовала себя неуверенно, опасаясь, что отношения с ним становятся второстепенными по сравнению с ее научной деятельностью.

Однажды вечером, когда команда собралась, чтобы обсудить свои находки, Эмили представила свои последние исследования геологических наскальных рисунков. Ее красноречие и обширные знания впечатлили всех, но Клаус смотрел на нее с вновь обретенным восхищением.

Клаус похвалил Эмили: "Эмили, твоя работа - новаторская. Четкость и детализация, которые вы обеспечили, позволяют по-новому взглянуть на возможности марсиан. Я действительно поражен".

Вэй, наблюдавшая за разговором, испытывала чувство гордости и тревоги. После встречи она обратилась к Клаусу, чтобы выразить свои опасения. Вэй осмелилась сказать Клаусу следующие слова, не боясь потерять лицо: "Клаус, я заметила, что вы с Эмили тесно сотрудничаете. Я понимаю, как важно работать вместе, но мне кажется, что мы все больше отдаляемся друг от друга".

"Клаус, удивленный честностью Вэй, взял ее за руку. Вэй, твоя работа незаменима, и я тебя очень уважаю. Но я понял, что меня также сильно связывает с Эмили. Я должен быть честен со своими чувствами".

Терпение Эмили вознаграждено

Слова Клауса нашли отклик у Вэй, когда она осознала реальность своего положения. Она поняла глубину чувств Клауса к Эмили и решила отступить, уважая его честность и их обоюдное желание поставить миссию на первое место.

Приняв решение Вайс, Клаус почувствовал себя свободным и мог без чувства вины исследовать свои отношения с Эмили. Позже вечером он разыскал ее, чтобы поделиться своими истинными чувствами.

Клаус пояснил: "Эмили, я понял, что мое восхищение тобой выходит за рамки профессионального уважения. Ты вдохновляешь меня так, как я не осознавал раньше".

Глаза Эмили расширились, надежда и радость смешались в ее выражении. "Клаус, я чувствовала то же самое. Я старался уважать твои отношения с Вей, но мои чувства к тебе только усилились".

Их разговор ознаменовал начало новой главы в их отношениях. Клаус и Эмили стали проводить больше времени вместе, и их связь углублялась с каждым новым открытием и душевным разговором. Они поддерживали друг друга в работе и объединили усилия, чтобы разгадать тайны пи-рамиды.

Отношения Клауса и Эмили расцвели на фоне марсианского пейзажа. Они делили тихие моменты под куполом пирамиды и говорили о своих мечтах и надеждах. Их связь, выкованная в горниле исследований и интеллектуального партнерства, стала источником силы для них обоих.

Хотя Вэй поначалу была убита горем, она нашла утешение в своей работе и поддержке других членов команды. Она восхищалась отношениями Эмили и Клауса и понимала, что между ними существует настоящая связь. Вэй сосредоточила свои силы на том, чтобы узнать больше о марсианской цивилизации, и нашла удовлетворение в миссии, которая собрала их всех вместе.

Любовь и соперничество между астронавтами стали испытанием их решимости и преданности друг другу. Благодаря честности, уважению и пониманию они преодолели свои личные трудности и стали сильнее как отдельные люди и как команда.

Упорство и интеллектуальная страсть Эмили в конце концов завоевали сердце Клауса и создали партнерство, которое было как романтическим, так и профессиональным. Их связь и товарищеские отношения с коллегами-исследователями укрепили их миссию и подготовили к предстоящим грандиозным открытиям.

Глава 11: "Макгиверизмы"

Первая задача: голографический страж

Астронавт должен сочетать в себе множество качеств. Он или она должны быть всем понемногу: Врачом, пилотом, инженером, ученым, знатоком иностранных языков, выносливым спортсменом.

Для некоторых людей мотивация стать астронавтом могла начаться с идентификации с вымышленным киногероем "Макгайвер"® из 1980-х годов. Этот персонаж умел сохранять хладнокровие в почти безнадежных ситуациях и импровизировать, то есть находить творческие решения и использовать предметы нестандартными способами для решения проблем.

Шестеро астронавтов стояли у входа в недавно обнаруженную камеру в глубине марсианской пирамиды. Тусклый свет их налобных фонариков мерцал на древних стенах, открывая затейливую резьбу и странные иероглифы. В воздухе витало предвкушение и слабый запах пыли и металла.

"Осторожно, люди!" - предупредил командир Харрис. "Мы не знаем, с чем имеем дело". Когда они ступили в зал, пол под ними зашевелился. Тяжелая каменная дверь захлопнулась за ними и заперла их. Стены задрожали, и помещение наполнилось низким гулом. Внезапно в центре камеры материализовалась голографическая проекция инопланетного стража, преградив им путь к таинственной платформе в дальнем конце.

"Нам нужно найти способ деактивировать стража", - сказала Эмили, сканируя комнату в поисках подсказок.

Вибрация в камере усилилась, и с потолка начали падать мелкие обломки. Гудение голографического стража стало громче - предупреждение о готовящейся атаке?

Эмили решительно воззвала к шуму: "Нам нужно работать быстро. Клаус, найди что-нибудь, что может быть похоже на панель управления. Иван, выясни, как питается этот страж".

Клаус осмотрел голограмму. "Вероятно, им управляет какой-то древний механизм. Нам просто нужно выяснить, как получить к нему доступ". Софи, вспотев от напряжения, провела пальцами по стенам в поисках скрытых механизмов. "Должно быть, мы что-то упускаем", - пробормотала она про себя.

"Сюда!" Голос Софи прорезал хаос и привлек внимание команды к обнаруженной ею скрытой панели. Инопланетные символы тускло светились, обещая решение, если только они смогут раскрыть их секреты. "Здесь есть несколько инопланетных символов и что-то похожее на клавиатуру".

Командир Харрис и Вэй поспешили к ней. "Посмотрим, сможем ли мы что-нибудь с этим сделать", - сказал коммандер Харрис, вытирая пыль с визора своего шлема.

Вэй, изучавший древние языки и символику, быстро принялся за работу. "Эти символы... не просто цифры. Похоже, они представляют собой последовательность действий или команд. Это код".

"Думаю, она связана с базой", - предположил он. "Если мы сможем отключить механизм управления, хранитель должен деактивироваться. Но у нас нет подходящих инструментов, чтобы взломать его".

Требуется изобретательность и импровизация

Эмили присела возле панели управления пришельцами. Она рылась в своих запасах. Ее руки в перчатках быстро работали, вытаскивая из сумки провода, батареи и маленький ручной сканер. Марсианская пыль прилипла к ее костюму, когда она что-то бормотала про себя. Эмили начала разбирать маленький ручной сканер. "Если мы сможем подключить этот сканер к клавиатуре, то, возможно, сможем расшифровать и ввести нужную последовательность".

Софи кивнула, быстро поняв план. "Нам нужно зачистить несколько проводов и переложить питание. Иван, ты можешь помочь нам с этим?" Софи, как всегда находчивая, достала с пояса небольшой многофункциональный инструмент. "У нас нет подходящего инструмента, но мы можем импровизировать. Давайте посмотрим, что мы сможем придумать".

Иван кивнул, его инженерный опыт включился в работу. "Я займусь этим".

С помощью мультиинструмента Софи аккуратно сняла корпус сканера и обнажила чувствительные компоненты. Иван отсоединил провода от устройств связи и подключил цепи сканера к клавиатуре. Группа работала в напряженной тишине, их движения были точными и скоординированными.

Командир Харрис и Вэй собрались вокруг доски, используя свои знания древних языков и инопланетных технологий для расшифровки символов. Тем временем Софи и Иван начали разбирать свое оборудование и искать то, что можно было бы использовать повторно.

Клаус был начеку, его глаза сканировали камеру в поисках новых признаков нестабильности. "Поторопитесь", - призывал он. "Гул охраны становится все громче".

Вэй и командир Харрис вместе расшифровывали инопланетные символы. "Это последовательность простых чисел", - понял Вэй. "Если мы введем их в правильном порядке, это должно отключить охрану".

Когда устройство было собрано, а код расшифрован, командир Харрис вышел вперед. "Итак, момент истины. Будем надеяться, что это сработает".

Командир Харрис кивнул. "Давайте приступим к делу".

Софи подключила импровизированный дешифратор к клавиатуре, ее руки были тверды, несмотря на высокие ставки. Она ввела последовательность простых чисел, каждый символ загорался по очереди.

Устройство зажужжало, и символы на клавиатуре загорелись в последовательности. На мгновение в комнате воцарилась напряженная тишина. Затем голографический страж замерцал и исчез. Пол перестал дрожать, а стены сотрясаться. В комнате снова воцарилась тишина, и команда замерла в благоговейном ужасе от своего достижения.

Отключив охрану, команда подошла к постаменту. На нем лежала небольшая, богато украшенная резьбой шкатулка. Иван осторожно открыл ее и обнаружил коллекцию кристаллов, содержащих ценную информацию о строителях пирамиды.

"У нас получилось", - сказала Софи, и по ее лицу расплылась улыбка облегчения. "Мы импровизировали и справились с задачей".

Командир Харрис положил руку ей на плечо. "Вот что значит быть астронавтом - думать самостоятельно и работать вместе. Отличная работа, ребята. Я люблю, когда план срабатывает!"

Покидая камеру, команда ощутила новое чувство товарищества и уверенности. Они столкнулись с неизвестностью и вышли победителями. Они доказали, что благодаря изобретательности и командной работе могут преодолеть любое препятствие, которое поставит на их пути марсианская пирамида.

И так продолжалось - их импровизированное творение соединяло миры и раскрывало секреты. Макгайвер был бы горд.

Вторая задача: резонансная ловушка

Используя кристалл данных, который нашел Иван, они создали своего рода

чертеж пирамиды в своих руках. Поэтому они отправились в новую часть пирамиды, где сложная сеть мостов соединяла несколько камер высоко над землей.

Команда была в приподнятом настроении, особенно Софи и Иван.

Их энтузиазм был ощутимым, и, чтобы еще больше поднять настроение, они начали петь старую песню Земли. Мелодия эхом разнеслась по огромному, пещерному пространству пирамиды, создавая потустороннюю симфонию.

Когда команда переходила по одному из длинных тонких мостиков, синхронные шаги Софи и Ивана непроизвольно образовали замковый шаг. Ритм их шагов в сочетании с пением создал резонансную частоту, которая совпала с собственной частотой моста. Конструкция начала тревожно вибрировать, заставив команду остановиться.

Командир Харрис, почувствовав опасность, крикнул, чтобы все остановились. Но было уже слишком поздно. Опорные механизмы моста начали отказывать, и вибрации привели в действие древнюю марсианскую систему безопасности. Мост быстро опустился, и команда оказалась запертой в небольшой закрытой камере в дальнем конце моста.

Стены камеры начали закрываться. Сработал скрытый механизм, и они оказались в ловушке. Команде пришлось действовать быстро, чтобы не быть раздавленной.

Импровизация обретает форму

Командир Харрис быстро оценил ситуацию. "Нам нужно отключить механизм, закрывающий эти стены. Эмили, посмотри, сможешь ли ты найти какие-нибудь панели управления или точки доступа".

Эмили кивнула и вместе с Вэем начала обследовать стены и пол в поисках признаков системы управления. Тем временем Клаус анализировал структурную целостность камеры, ища уязвимые места, которые можно было бы использовать.

Софи и Иван, чувствуя вину за свою прежнюю ошибку, были полны решимости исправиться. Иван, специалист по электрическим системам, предложил план. "Мы можем использовать металлические части нашего оборудования и костюмов, чтобы создать механическое решение".

Вместе команда быстро собрала материалы. Они демонтировали ненужные части костюмов, такие как пряжки ремней и металлические крепления. Иван использовал свой мультиинструмент, чтобы сформовать металлические детали и превратить их в импровизированные клинья и рычаги. Клаус, имевший опыт в строительстве, руководил сборкой этих деталей в блокирующее устройство.

Время поджимало, ведь стены становились все ближе и ближе. Уверенными руками Софи установила клинья и рычаги в критических точках, где стены сходились. Эмили нашла узкую щель, в которой, судя по всему, находилась часть запорного механизма.

"Мы должны остановить этот механизм вручную", - срочно сказала Эмили. "Если мы сможем заблокировать его, то выиграем время".

Клаус и Иван вместе вставили клинья в щель, которую нашла Эмили. Объединив усилия, они закрепили металлические детали на месте, создав физическую блокаду, не позволяющую стенам двигаться. Скрежещущий звук механизма, пытающегося

закрыть стены, становился все громче, но импровизированное
блокирующее устройство держалось.

Стены перестали закрываться, и давление в камере
стабилизировалось. Команда быстро проверила окружающую
обстановку и стала искать выход. Вэй заметил небольшую
панель, которая, судя по всему, управляла дверным механизмом.

"Вот! Помогите мне открыть ее", - крикнула она. Командир
Харрис и Софи бросились к ней и с помощью инструментов
открыли панель. Внутри они обнаружили ряд шестеренок и
рычагов.

"Чтобы открыть дверь, нам придется управлять ею вручную", -
сказал коммандер Харрис. "Эмили, ты можешь определить
последовательность действий?"

Эмили кивнула, ее мысли неслись вскачь. "Дайте мне минутку".
Она внимательно изучила шестеренки и выровняла их в
заданном порядке. С последним толчком дверной механизм
щелкнул, и потайная дверь открылась, открывая путь к
безопасности.

Когда они собрались за пределами камеры и вздохнули с
облегчением, командир Харрис похвалил команду за быстроту
мышления и находчивость. "Мы сделали это, потому что
работали вместе и творчески использовали свои навыки. Это
настоящий макгиверизм".

Софи и Иван обменялись благодарными взглядами. "В
следующий раз мы будем осторожнее", - сказала Софи,
улыбаясь, несмотря на напряжение.

Вэй добавил: "Этот опыт доказывает, как сильно мы полагаемся друг на друга. Что бы ни случилось дальше, мы справимся с этим вместе".

Команда продолжила исследование марсианской пирамиды, их связь была как никогда крепка, и они были готовы к любым испытаниям.

Третья задача: сдвиг грунта

Команда продолжала исследовать марсианскую пирамиду, не подозревая, что впереди их ждет еще одно испытание на смекалку. Они вошли в большую, тускло освещенную камеру, заполненную сложными механизмами и инопланетными иероглифами. В комнате царила тишина, лишь изредка слышался гул техники. По мере того как они продвигались вглубь камеры, по помещению разносился громкий щелчок. Внезапно пол под их ногами начал смещаться, разделяясь на участки, которые то поднимались, то опускались, создавая неровный, меняющийся ландшафт. Это была ловушка, призванная сбить их с толку и разделить. Разделенные сдвигающейся землей, члены команды изо всех сил старались держаться вместе. Командир Харрис, Эмили и Клаус оказались на одной стороне камеры, а Вэй, Софи и Иван - на другой. Из-за сдвигающегося пола вернуться назад было невозможно.

К тому же потолок начал медленно опускаться и грозил раздавить их, если они быстро не найдут выход. Команде нужно было деактивировать ловушку и перегруппироваться, пока не стало слишком поздно.

Импровизированное решение

Командир Харрис прокричал инструкции, перекрывая шум движущегося пола. "Эмили, Клаус, ищите панели управления или переключатели! Вэй, Софи, Иван, попробуйте найти что-нибудь на своей стороне!"

Эмили и Клаус начали сканировать стены в поисках признаков механизма управления. Тем временем Вэй заметила на полу рядом с собой ряд светящихся символов: "Я думаю, эти символы могут быть подсказкой!" - воскликнула она.

Софи внимательно изучила символы. "Они похожи на какую-то головоломку. Если мы правильно их совместим, то сможем обезвредить ловушку".

Иван, всегда находчивый, предложил план. "Мы должны рассказать друг другу о символах, которые видим, и выработать правильный порядок. Мы должны использовать отражающие поверхности нашего оборудования, чтобы подавать друг другу сигналы".

Используя части своих костюмов и инструменты, команда сделала импровизированные зеркала и отражающие поверхности. Они начали подавать друг другу сигналы и обмениваться увиденными символами.

Эмили и Клаус нашли на своей странице ряд соответствующих символов. "Мы должны расположить эти символы в правильном порядке", - заключила Эмили. "Это как комбинированный замок".

Пока потолок продолжал опускаться, команда работала быстро, подавая сигналы туда-сюда, чтобы правильно расставить символы. Софи и Иван аккуратно прижимали символы к себе, а Эмили и Клаус делали то же самое.

Пол продолжал двигаться, и им было трудно удерживать равновесие. Командир Харрис держал всех в строю. "Сохраняйте спокойствие и выдержку. У нас все под контролем".

Когда символы были правильно выровнены, в камере раздался громкий щелчок. Движущийся пол внезапно остановился, а опускающийся потолок начал втягиваться. Ловушка была обезврежена.

С облегчением команда вновь собралась в центре камеры. "Отличная работа, ребята", - похвалил командир Харрис. "Быстрое мышление и командная работа снова спасли нас".

Софи и Иван похлопали друг другу. "Было очень близко, но мы справились", - сказала Софи, ухмыляясь.

Вэй добавил: "Мы очень хорошая команда. Надеюсь, нам больше не придется решать подобные головоломки".

Команда продолжала исследования и была уверена, что справится с трудностями марсианской пирамиды. Они знали, что смогут преодолеть любое препятствие, если будут работать вместе и использовать свою изобретательность.

Глава 12: Секреты Ланиакеа

Открытие

Следующая камера марсианской пирамиды была залита странным светом, отбрасывая замысловатые тени, которые, казалось, танцевали и смещались по мере того, как астронавты углублялись в ее тайны. Однако командир Харрис не принял участия в сегодняшнем туре "Дискавери", поскольку страдал от космической болезни, или синдрома космической адаптации (СКА), который похож на укачивание и может быть вызван воздействием микрогравитации или изменениями гравитации. Хотя сила тяжести на Марсе составляет около 38 % от земной, адаптация к этой другой гравитационной среде после пребывания в условиях микрогравитации (как на космическом корабле) или земной гравитации может вызвать ряд симптомов, таких как тошнота и рвота, дезориентация, головные боли, потеря аппетита и усталость. Поэтому он попытался прийти в себя, оставшись сегодня в своей среде обитания и оставив исследования членам своей команды, которым не терпелось приступить к делу.

Космическая библиотека открыла множество секретов, но ни один из них не был так интересен, как карта Ланиакеа - огромного галактического суперкластера, в который входит Млечный Путь. Клаус изучил голографический дисплей, и его глаза расширились от удивления. "Ланиакеа", - пробормотал он. На гавайском языке это означает "неизмеримое небо". Это... это карта всей нашей космической окрестности".

Эмили взглянула на запутанную паутину галактик. "Это захватывает дух", - тихо сказала она. "Огромная сеть звезд и планет, все они связаны друг с другом. Что могли сделать с ней марсиане?"

Пока они продолжали изучать карту, пирамида, казалось, реагировала на их вновь обретенное вожделение. Символы и глифы засветились, открывая больше информации о предназначении марсианской цивилизации. Софи провела пальцами по светящимся надписям, пытаясь перевести древний язык.

"Марсиане были не просто исследователями, - сказала она, и ее голос наполнился благоговением. "Они были хранителями знаний, хранителями секретов Вселенной".

Иван, стоявший рядом с ней, кивнул. "Они считали себя хранителями космоса, оберегающими и защищающими баланс жизни и энергии в галактиках".

Карта Ланиакеа была не просто статичным изображенисм - это была динамичная, живая сеть. Линии света пульсировали и смещались, показывая потоки энергии и информации между галактиками. Вэй, сияя от восторга, указала на особенно яркий узел.

"Это, - сказала она, - сердце Ланиакеа. Сюда стекается энергия, это центр силы и знаний. Марсиане, должно быть, использовали его для контроля и поддержания стабильности суперкластера".

Центр гармонии

Команда сосредоточилась на центральном центре Ланиакеа, где сходились энергетические потоки. Пирамида открывала все новые детали, обнаруживая структуры и механизмы, далеко выходящие за рамки их представлений. Клаус, пробудив свое научное любопытство, наклонился ближе.

"Это более совершенное оборудование, чем мы могли себе представить", - сказал он. "Системы управления энергией, хранилища данных, коммуникационные сети - это как центральная нервная система суперкластера".

Глаза Эмили расширились, когда она поняла, что это значит. "Они не просто следили за галактиками, - сказала она, - они активно управляли ими, обеспечивая гармонию и баланс".

Свет пирамиды усилился, привлекая ее внимание к определенной точке на карте - далекой галактике на краю Ланиакеа. Софи прищурилась на светящиеся символы, пытаясь расшифровать их значение.

"Похоже, это сигнал бедствия", - срочно произнесла она. "Галактика в беде, ее энергетические потоки нарушены".

Лицо Ивана отвердело от решимости. "Мы должны провести расследование", - сказал он. "Марсиане доверили нам свои знания. Наш долг - продолжить их дело".

Команда собрала свое оборудование и приготовилась исследовать новую область. Энергия пирамиды пульсировала вокруг них, направляя и поддерживая их начинания. Обсуждая свои планы, они ощущали глубокое чувство ответственности и цели.

"Мы больше не просто исследователи, - твердо сказал Клаус. "Мы - дозорные, идущие по следам марсиан".

Изучив голографическую карту, они поняли, что сердцем Ланиакеа является огромная светящаяся камера, заполненная голографическими экранами и сложными механизмами. Воздух переливался энергией, а стены пульсировали мягким, ритмичным светом.

"Вот оно, - сказал Вэй потрясенным голосом. "Сердце Ланиакеа. Нексус, точка соединения неизмеримого количества галактик".

Эмили задумчиво постучала себя по подбородку. "Нам нужно понять природу возмущения, - сказала она, - естественное оно или искусственное? И что его вызывает?"

Клаус кивнул в знак согласия. "Начнем с того, что изолируем источник помех. Мы можем использовать аналитические инструменты пирамиды, чтобы получить более четкую картину".

Используя передовые технологии пирамиды, астронавты начали анализировать данные. Эмили и Клаус работали над выделением специфических длин волн и энергетических сигнатур, а Софи и Вэй переводили сопутствующие глифы, чтобы найти возможный исторический контекст.

"Это искусственное возмущение", - сказала Эмили через некоторое время. "Кто-то или что-то вызывает это возмущение".

Софи, расшифровав еще больше глифов, добавила: "Похоже, это связано с древним аванпостом на Марсе. Они оставили машины для управления энергетическими потоками, но что-то пошло не так".

Узнав о характере нарушения, команда приступила к разработке плана. Иван, как всегда, стратег, объяснил, что нужно делать.

"Нам нужно восстановить баланс", - сказал он. "Для начала мы определим точное местоположение аванпоста и оценим ущерб".

Вэй согласился. "Мы также должны подготовиться к возможным трудностям. Если это марсианский объект, мы можем столкнуться с мерами безопасности или сбоями в работе".

Технология пирамиды позволила установить дистанционную связь с удаленным аванпостом. Эмили и Клаус установили безопасное соединение, а Софи и Вэй следили за потоками данных.

"Мы на месте", - сказал Клаус, проводя пальцами по консоли. "Системы все еще функционируют, но регуляторы мощности сильно повреждены".

Эмили нахмурилась. "Мы можем починить это дистанционно?"

Первые сканирования показали, что многие проблемы можно устранить дистанционно. Команда начала перенаправлять потоки энергии и восстанавливать поврежденные цепи с помощью продвинутого интерфейса пирамиды.

"Это как работать с расстояния в миллионы световых лет", - заметил Иван, не отрывая глаз от голографического дисплея.

Вэй добавил: "Мы должны быть точны. Одно неверное движение - и мы можем принести больше вреда, чем пользы".

Преодоление препятствий

В ходе работы возникали неожиданные проблемы.

Были активированы автоматические системы защиты, которые
приняли их вмешательство за атаку. Команде пришлось
тщательно контролировать эти системы и использовать знания
пирамиды, чтобы отключить их, не причинив дополнительного
вреда.

Софи, ловко управляя пультами управления своими пальцами,
сказала: "Эти защитные системы очень продвинутые, но на
нашей стороне марсианские знания. Мы сможем это сделать".
После нескольких часов интенсивной работы энергетические
потоки начали стабилизироваться. Сигнал бедствия угас, и на
смену ему пришел ровный, гармоничный пульс.

"Это хрупкий баланс", - говорит Клаус. "Мы должны идеально
согласовать энергетические потоки, иначе мы рискуем получить
еще больший сбой".

Пока они работали над этим, ситуация становилась все более
острой. Потоки энергии становились все более нестабильными
и грозили привести к катастрофическому коллапсу. Иван и Вэй
работали с точностью, настраивая машины и регулируя выход
энергии.

"Мы уже близко", - сказал Вэй напряженным голосом. "Еще
немного".

После окончательной настройки потоки энергии
стабилизировались, и сигнал бедствия затих. Команда издала
коллективный вздох облегчения, их сердца колотились от
адреналина.

"Мы сделали это", - сказала Софи, и на ее лице расплылась
торжествующая улыбка. "Мы спасли галактику".

"Да, действительно. Мы справились", - сказал Клаус, и на его лице расплылась торжествующая улыбка. "Аванпост снова работает, и потоки энергии стабильны".

Эмили облегченно вздохнула. "Пока что галактика в безопасности. Мы чтим наследие марсиан".

Когда они стояли в самом центре пирамиды, свет пульсировал вокруг них в ритме, похожем на биение сердца, - молчаливая дань уважения их достижению. Они доказали, что достойны доверия марсиан, и стали настоящими хранителями космоса.

"На нас лежит ответственность, - сказал Айвен, его голос был полон решимости. "Защищать и сохранять равновесие во Вселенной".

"И продолжать учиться", - добавила Эмили, ее глаза сияли решимостью. "Чтобы исследовать и понять секреты Ланиакеа и других мест".

На этом миссия на Ланиакеа была завершена, и команда приготовилась вернуться в свое место обитания, а их сердца наполнились новым чувством удовлетворения. Предстоящее путешествие было неопределенным, но они знали, что готовы к любым трудностям.

Когда они отошли от голографического дисплея, пирамида прошептала последние слова мудрости: "Знание - это свет, который ведет нас сквозь тьму. Будьте хранителями Вселенной, и пусть ваш свет сияет ярко".

И вот астронавты вернулись на базу, готовые смело и решительно отправиться навстречу приключениям, а их связь была крепче, чем когда-либо, когда они отправлялись в свое следующее великое приключение. За это время здоровье командира Харриса значительно улучшилось.

Глава 13: Взлом кода

Механизм шлюза

У следующего сола на одном из постаментов коммандер Харрис обнаружил уменьшенный план самой пирамиды. В центре был изображен большой круглый шлюз, который они видели на резьбе снаружи.

"Взгляните на это", - воскликнул коммандер Харрис. "Похоже, это чертеж ворот. Если мы сможем расшифровать его, то, возможно, узнаем, как его активировать".

Клаус присоединился к нему. "А если мы сможем активировать врата, они могут привести нас в другие места - или даже в другие миры".

Продолжая осматриваться, они обнаружили в камере еще одну зону, посвященную фигурам хранителей. Голографические проекции показывали Хранителей в действии, защищающих важные объекты от угроз. Эти Хранители были не просто символами, а высокотехнологичными конструкциями, возможно, роботизированными или биомеханическими, предназначенными для защиты самых ценных активов марсианской цивилизации.

Эмили, изучавшая проекции, заметила: "Эти стражи были сложными системами безопасности. Возможно, именно благодаря им эта пирамида и ее знания сохранились так долго". В конце камеры они обнаружили большую богато украшенную дверь, украшенную иероглифами и резьбой. Казалось, что дверь пульсирует слабым, ритмичным светом, словно она живая.

"Это должно вести к чему-то еще более важному", - сказал коммандер Харрис, положив руку на дверь. "Нам нужно узнать, как ее открыть".

Вэй изучил иероглифы и заметил закономерность. "Думаю, эта последовательность отличается от той, что мы использовали для активации пьедесталов. Давайте попробуем ее расшифровать".

Вместе команда осторожно нажала на иероглифы в правильной последовательности. Дверь отозвалась глубоким эхом и медленно открылась, открыв светящуюся камеру.

Когда они вошли в новую комнату, фары осветили зрелище, от которого у них перехватило дыхание: массивное, искусно вырезанное сооружение, которое, казалось, пульсировало энергией. В центре комнаты находились врата - большой круглый портал, мерцающий потусторонним светом.

Командир Харрис обратился к своей команде, его голос был наполнен благоговением. "Мы только поцарапали поверхность. Этот портал может стать ключом к разгадке секретов марсианской цивилизации и, возможно, даже секретов самой Вселенной".

Со смесью волнения и благоговения команда приготовилась проникнуть вглубь пирамиды, чтобы разгадать последние секреты древних марсиан.

На голографических дисплеях замелькали изображения марсианских городов, космических кораблей и световых существ. Иероглифы пульсировали, открывая уравнения, не поддающиеся земной физике.

Софи коснулась каменного лица. "Что вам от нас нужно?" - тихо спросила она.

И каменное лицо ответило - в их умах, в их душах. Оно говорило о космических циклах, о вознесении и о выборе. Пирамида была не только воротами на Марс, но и к самим звездам.

Исследуя дальше, они обнаружили небольшие палаты, ответвляющиеся от главного зала. В каждой комнате находились артефакты - от инструментов и оружия до свитков, сделанных из металлического вещества.

Софи, рассматривая один из свитков, воскликнула: "Возможно, здесь содержатся их записи. Нам нужно забрать их на базу для анализа".

Иван согласился и аккуратно завернул свитки. "Нужно обращаться с ними осторожно. Они могут быть хрупкими после стольких лет".

В одной из глубоких камер они обнаружили нечто похожее на тронный зал. В центре стояло большое богато украшенное кресло перед массивной стеной с выгравированной на ней подробной звездной картой.

Эмили взяла карту в руки и проследила пальцами за созвездиями. "Это может быть их навигационная система, их руководство по использованию врат".

Вэй кивнула, в ее глазах отразилось сияние резьбы. "Нам нужно воссоздать это. Это может показать нам, как активировать машину".

Клаус, стоявший рядом с троном, заметил ряд кнопок и рычагов, встроенных в подлокотники. "Этот трон может быть центром управления. Если мы поймем, как он работает, то сможем управлять вратами".

Командир Харрис, почувствовав неотложную необходимость, обратился к команде. "Давайте задокументируем все, что здесь есть, и начнем расшифровывать центр управления. Мы стоим на пороге чего-то грандиозного".

Часы превратились в дни (или, скорее, солы), когда команда работала без устали, а первоначальный трепет уступил место сосредоточенной решимости. Эмили и Вэй, теперь работавшие слаженно, расшифровывали иероглифы, а Клаус анализировал химический состав использованных материалов.

Иван и Софи, чья связь крепла с каждым днем, занимались физическими аспектами исследования и следили за тем, чтобы каждый артефакт был тщательно сохранен.

Однажды вечером, когда команда собралась на редкую минуту отдыха, к ним обратился коммандер Харрис: "Мы добились невероятного прогресса, но нам еще многое предстоит открыть. Наша миссия продолжает развиваться. Мы не только исследователи, но и историки, ученые и дипломаты из другого мира".

Команда кивнула, и комната наполнилась чувством единства и
цели. Они не только исследовали прошлое, но и преодолевали
разрыв между двумя мирами, двумя цивилизациями.

Их миссия превратилась из исследования в поиск знаний, в
путешествие, которое приведет их за пределы Марса и в великое
неизвестное. Вместе они будут раздвигать границы человеческих
достижений все дальше и дальше, вдохновляясь наследием
древней марсианской цивилизации.

Небесный кодекс

Команда собралась вокруг Аст-раэуса - каменного лица,
ставшего для них и проводником, и знакомым. Софи
разглядывала замысловатую резьбу, ее пальцы гладили символы,
которые, казалось, пульсировали жизнью. Иван стоял рядом с
ней, и их любовь была молчаливым обещанием перед лицом
космических откровений. "Астрей, - прошептала Софи, - что
скрыто в небесном кодексе?"

Софи намеренно обратилась к греческой мифологии.
Астрей - бог титанов, который ассоциируется с сумерками и
звездами. Он сын Криуса и Эврибии и часто ассоциируется с
вечером и ветрами. Благодаря своей связи с Эос, богиней
рассвета, Астрей также является отцом Анемоя (богов ветра) и
звезд. Поэтому "Астрей" буквально означает "богатый звездами"
или "из звезд", что подчеркивает его связь с небесными телами и
явлениями.

Каменное лицо отвечало ему не словами, а образами и
символами: марсианские города, купающиеся в звездном свете,
существа из чистой энергии, танцующие между созвездиями, -
цивилизация, которая когда-то жила на этой пустынной планете.
Они вышли за пределы своей физической формы, их сознание
слилось с тканью космоса.

Эмили шагнула вперед. Ее аналитический ум соединил все
точки. "Сверхсветовые путешествия, - сказала она, - ключ к
открытию звезд. Представьте, чего может достичь человечество,
совершив прыжок за пределы нашей Солнечной системы".

Клаус кивнул. "Но Кодекс требует жертв", - сказал он. "Какую цену мы готовы заплатить за такое знание?"

Софи посмотрела на Ивана. "Наша любовь, - сказала она, - это сила, которая преодолевает космические границы. Но что, если этого недостаточно?"

Они обнаружили кристаллическую структуру - сам Небесный кодекс. Его грани преломляли свет, отбрасывая в камеру радугу. Пальцы Эмили задумчиво и в то же время с нетерпением перебирали поверхность. Грани кристалла были не просто декоративным элементом, а частью сложной многомерной головоломки.

"Что вы думаете об этом?" - спросил коммандер Харрис.

Глаза Эмили просканировали решетку. "Эти числа... они не случайны. Здесь есть какая-то закономерность".

Клаус, биохимик со способностями к математике, кивнул. "Ты права, Эмили. Это напоминает мне что-то знакомое".

Софи указала на несколько последовательностей. "Посмотрите на это: 1, 1, 2, 3, 5, 8, 13... Это последовательность Фибоначчи".

"Последовательность Фибоначчи?" - поинтересовался Вэй.

"Это ряд, в котором каждое число является суммой двух предыдущих", - объяснил Клаус. "Вы можете найти ее в природе, в расположении листьев, узорах цветов и даже в спиралях галактик".

Иван внимательно посмотрел на доску. "Если это последовательность Фибоначчи, то, возможно, ключ заключается в том, чтобы объединить или идентифицировать эти последовательности".

Эмили, у которой всегда был хороший математический нюх, предложила: "Мы должны проверить эту теорию. Нужно выяснить, не пропущены ли какие-нибудь числа или не на своем месте в сетке. Если мы сможем исправить или дополнить последовательность, это может привести в действие механизм".

Все собрались вокруг доски и внимательно изучили числа. Стало ясно, что некоторые числа отсутствуют в ожидаемом порядке. Они начали заполнять пробелы, причем каждый астронавт вносил свои знания и опыт.

Командир Харрис называл цифры, пока они их заполняли: "1, 1, 2, 3, 8, 13, 34, 55..."

Софи, которая записывала цифры, пока командир Харрис их называл, кое-что заметила. "Подождите, здесь не хватает цифры. Нам нужно 5 между 8 и 13".

"Точно", - сказал Клаус. "А здесь, между 13 и 34, нам нужен 21".

Вэй задумчиво постучала себя по подбородку. "Значит, мы должны ввести эти недостающие числа в сетку".

Иван начал нажимать на соответствующие символы на доске. Все затаили дыхание, когда была нажата последняя цифра.

В этот момент кристалл словно отреагировал, и свет внутри него изменился, открыв потайной отсек. Внутри лежал древний свиток, поверхность которого была покрыта такими же замысловатыми узорами, как и кристалл.

"Похоже, у нас получилось", - сказал Иван, и по его лицу расплылась улыбка.

Вэй осторожно развернула свиток и просканировала текст глазами.

"Какие секреты хранит этот кодекс?" - пробормотала Эмили, ее глаза отражали калейдоскопический свет.

"Здесь сказано: "Врата, гармонизация миров. Космический союз - все ведет к решению".

Клаус посмотрел на Вэя: "Возможно, кодекс открывает не только знания, но и нашу судьбу?" - спросил он.

Эмили проследила за сложными узорами кодекса. "Дело не только в знаниях, - сказала она, - это космическое уравнение - хрупкий баланс".

Клаус кивнул. "Чтобы высвободить его силу, - объяснил он, - мы должны пожертвовать чем-то ценным - жизненной силой".

Софи посмотрела на Ивана, ее любовь была молчаливым обещанием. "Но чьей жизнью?" - прошептала она.

Глава 14: Предательство

Атмосфера в марсианской пирамиде становилась все более напряженной, чем больше астронавты узнавали о загадочном шлюзе. До них дошло, что активация шлюза потребует значительных жертв и может подвергнуть чью-то жизнь опасности. Это откровение тяжело давило на команду, вызывая беспокойство и провоцируя скрытую напряженность.

Разгадка секрета шлюза

После нескольких дней напряженного изучения Вэй и Эмили сумели расшифровать последние инструкции по активации врат. Глифы показали, что для работы врат требовалась "передача жизненной энергии" - то есть живое существо должно было войти в врата, чтобы активировать их, и, возможно, никогда не вернуться.

Командир Харрис собрал команду. "Нам предстоит принять непростое решение. Эти врата могут стать ключом к невообразимым знаниям, но цена за них высока. Кто-то должен войти в него, и мы не знаем, что произойдет, когда он это сделает". Иван решительно шагнул вперед. "Я сделаю это. Такой шанс выпадает раз в жизни, и если это позволит обеспечить наше будущее, то стоит рискнуть".

Софи побледнела, услышав заявление Ивана. За время миссии они сблизились, их связь переросла в тихую, личную привязанность. Мысль о том, что она может потерять Ивана, была для нее невыносима.

Ночь накануне

В ту ночь Софи боролась со своими чувствами. Она не могла смириться с мыслью, что Иван пожертвует собой. Отчаяние грызло ее, и она поняла, что должна действовать.

Она отправилась к Вэю, который все еще работал до поздней ночи, скрупулезно упорядочивая собранные данные. Глаза Софи сузились, когда она наблюдала за миниатюрным инженером, и в ее голове созрел план.

Акт предательства

На следующий день, когда команда собралась у ворот, напряжение было велико. Иван стоял наготове, в его лице смешались страх и решимость.

Софи, не обращая на него внимания, подошла к нему. "Иван, подожди. Нам нужно еще раз проверить систему. Позволь мне убедиться, что все готово".

Иван кивнул, безоговорочно доверяя ей. Подойдя к панели управления, Софи взглянула на Вэя, который был занят калибровкой оборудования. Софи глубоко вздохнула, ее сердце заколотилось, и она отправилась в путь.

Быстрым, отработанным движением она подтолкнула Вэя к воротам. Миниатюрная инженерша споткнулась, ее глаза расширились от шока и растерянности.

"Софи, что ты делаешь?" Протест Вэй прервался, когда ее толкнула Софи.

Последние слова Вайса были едва слышны. Остальные поняли что-то вроде: "Ради человечества".

Когда Иван понял, что происходит, он попытался остановить их, но было уже слишком поздно. Сенсоры шлюза активировались и обнаружили Вэя. Древняя машина гудела и становилась все мощнее, вытягивая энергию из своего пленника.

Последствия

Комната наполнилась ярким, потусторонним светом, когда шлюз активировался, а его механизмы зажужжали и засверкали. Команда ошеломленно смотрела, как Вэй окутывает свет, и ее форма исчезает в сиянии.

"Софи, что ты наделала?" - вскричала Эмили, бросившись к панели управления в отчаянной попытке обратить процесс вспять, но безуспешно. Врата открылись, и Вэй исчезла.

Командир Харрис схватил Софи и оттащил ее от пульта управления. "Почему, Софи? Зачем ты это сделала?"

Глаза Софи были дикими, смесь страха и неповиновения. "Я не могла отпустить Ивана. Я не могла его потерять. Вэй - она не должна была жертвовать собой. I... Я просто отреагировал".

Иван, его лицо побледнело от шока и гнева, отступил от Софи, не в силах смотреть на нее. "Ты осудила ее, Софи. Мы не знаем, что находится по ту сторону. Ты действовала из эгоизма и страха".

Эмили, голос которой дрожал от гнева, добавила: "Ты предала нас всех. Мы были одной командой, Софи. Ты разрушила это доверие". Втайне она была благодарна Софи, потому что теперь ее соперница в любви к Клаусу исчезла. Конечно, она не могла официально признать это.

Остальные члены команды оставались в смятении. Врата оставались активными, но их секреты теперь затмевались ценой их активации. Они получили доступ к неизмеримым знаниям, но ценой своей сплоченности и жизни надежного коллеги.

Командир Харрис, пытаясь вернуть ситуацию под контроль, сказал: "Нам нужно задокументировать все, что здесь произошло. Мы должны понять последствия наших действий. Но самое главное - мы должны почтить память Вэй и убедиться, что ее жертва не была напрасной".

Иван повернулся к воротам с решительным выражением лица. "Я не позволю, чтобы их жертва была напрасной. Мы должны выяснить, что находится по ту сторону и почему марсиане построили эти ворота. Мы обязаны сделать это для нее - и для себя".

Когда пирамида задрожала, Софи прижалась к Ивану. "Нам суждено расшифровать звезды, - сказала она, - но какой ценой?"

Глаза Клауса встретились с глазами Софи. "Предательство, - сказал он, - это рана, которая затягивается навечно".

Пирамида задрожала, когда портальная машина выключилась.

Клаус стоял перед ней, его сердце было тяжело от угрызений совести. Жертва Вайс преследовала его - память о ее полуразложившемся существовании, плавающем в космическом лимбе. Клаус ступил на каменную платформу. Он искал искупления - для Вайса, для Софи, для всего человечества. В его голове эхом звучали ее последние слова: "Ради человечества". Но что это значит на самом деле? Неужели самопожертвование - единственный путь к просветлению?

Эмили последовала за ним, ее глаза сияли амбициями. Она всегда стремилась к знаниям - к тому, что выходило за рамки учебников и уравнений. Кодекс нашептывал ей секреты и обещал ответы на вопросы. Покинуть наш мир навсегда ее не пугало, а радовало.

Софи колебалась. Ее любовь к Ивану боролась с чувством вины - вины за то, что она предала и принесла в жертву Вэя. Она смотрела, как Вэй исчезает в космических потоках. Но что ждет ее за гранью? Искупление? Ответы? Или еще больше душевной боли?

И вот любовь и самопожертвование столкнулись в сердце Марса - космический танец, который грозил разорвать ее на части.

Глава 15: Путешествие Вэй

Когда свет из портала окутал Вэй, она почувствовала сильное ощущение, будто ее тянут сразу в нескольких направлениях. Ощущение было дезориентирующим, словно само ее существо растягивалось сквозь ткань пространства-времени. Она слышала слабые отголоски марсианской технологии, гармонично сочетающиеся с источником энергии, гораздо более древним и мощным, чем все, с чем ей доводилось сталкиваться.

Переход

Зрение Вэй затуманилось, затем превратилось в калейдоскоп цветов, кружившихся вокруг нее. Ощущение растянутости сменилось чувством парения, как будто она парила в пустоте между реальностями. Постепенно цвета и узоры сошлись воедино.

Прибытие в новый мир

Когда запутанный переход наконец закончился, Вэй оказалась на твердой земле в совершенно ином окружении. Она оказалась в огромном, открытом ландшафте, который, казалось, тянулся бесконечно во всех направлениях. Небо над головой было окрашено в глубокий сумрачный пурпур, усеянный незнакомыми созвездиями и двумя большими лунами, которые освещали землю мягким неземным светом.

Земля под ней была покрыта странными биолюминесцентными растениями, которые пульсировали мягким светом и освещали ее путь. Несмотря на странное окружение, Вэй чувствовала необъяснимое спокойствие, как будто само место

Чужой ландшафт

Исследуя окрестности, Вэй восхищалась сюрреалистической красотой нового мира. Из земли поднимались высоченные кристаллические структуры, преломляя лунный свет в спектр цветов. Реки жидкого света текли по ландшафту, отбрасывая мерцающие блики на биолюминесцентную флору. Она заметила признаки разумной жизни - вырезанные в кристалле тропинки, странные символы, высеченные в скалах, и артефакты, напоминающие инструменты и приспособления, хотя по форме и материалу она не могла сразу понять, что это такое.

Древний город

Следуя по одной из освещенных тропинок, Вэй попала в древний город, который, казалось, органично вписывался в природный ландшафт. Архитектура не была похожа ни на что, что она когда-либо видела: здания из полупрозрачного материала, мягко светящегося изнутри, и сооружения, которые, казалось, парили над землей.

Углубившись в город, она обнаружила центральную площадь, над которой возвышалась массивная пятигранная пирамида, похожая на ту, что была на Марсе. Она поняла, что это может быть пирамида-сестра, часть сети, охватывающей несколько миров.

Врата в Нексус

У подножия пирамиды она обнаружила еще одни ворота, окруженные замысловатой резьбой и символами. Глифы здесь были похожи на те, что были в марсианской пирамиде, но были более сложными, что указывало на более высокий уровень понимания или, возможно, более древнее происхождение.

Изучая символы, Вэй поняла, что эти ворота могут быть связаны с Нексусом, с множеством других мест, возможно, включая Землю. Ее сердце забилось в предвкушении возможности вернуться домой или узнать еще больше о возможностях марсианской цивилизации в космосе.

Хранительница знаний

Пока она обдумывала свой следующий шаг, из входа в пирамиду появилась мерцающая фигура. Это была голографическая проекция инопланетного существа - высокого и элегантного, с длинными конечностями и безмятежным, мудрым выражением лица. Существо заговорило на языке, который отозвался в сознании Вайса не просто звуком, а чистым смыслом.

"Во имя А'кара, добро пожаловать, путник, - сказал хранитель. "Ты вошел в Нексус миров. Здесь хранятся знания бесчисленных цивилизаций, защищенные от разрушительного воздействия времени. Ты ищешь понимания и пути домой".

Вэй кивнула, ее голос дрожал от волнения. "Да, я знаю. Вы можете мне помочь? Могу ли я вернуться на Землю?"

Голографические глаза хранителя, казалось, заглянули глубоко в ее душу. "Врата соединяют множество мест. Чтобы вернуться в свой мир, ты должна понять пути и жертвы, которые необходимо принести. Ты можешь искать эти знания, но ты должна доказать, что достойна".

Испытания на достойность

Хранитель провел ее в пирамиду, где она прошла ряд испытаний в пяти камерах, призванных проверить ее интеллект, смелость, честность, концентрацию и знания. В каждой камере ее ждали испытания - сложные головоломки, моделирование моральных дилемм и физические задачи, которые заставляли ее напрягаться до предела. Вэй стояла у входа в первую камеру пирамиды, ее сердце колотилось от предвкушения и нервозности. В ее голове эхом звучали слова хранителя: "Чтобы вернуться в свой мир, ты должна доказать, что достойна".

Это напомнило ей о печально известных покоях легендарных монахов храма Шао-Линь, через которые она должна была пройти на выпускном экзамене. Хотя она регулярно практикует традиционные китайские боевые искусства для физических упражнений, она не настолько подготовлена, как монах-воин. Она глубоко вздохнула и шагнула вперед, готовая к предстоящим испытаниям.

Первое испытание: Палата интеллекта

Первая комната представляла собой огромный зал, наполненный плавающими геометрическими фигурами, светящимися внутренним светом. Символы и уравнения танцевали в воздухе, смещаясь и перестраиваясь в сложные узоры.

Цель: решить геометрические головоломки, чтобы открыть следующий раунд.

Вэй узнала в символах смесь марсианской математики и пространственной логики. Она протянула руку, чтобы коснуться одной из парящих фигур, которая затем превратилась в трехмерную головоломку. Для каждой головоломки ей нужно было гармонично соединить фигуры и символы.

Первая головоломка: вращающиеся тетраэдры

Первая головоломка состояла в том, чтобы выровнять ряд вращающихся тетраэдров (треугольных пирамид) так, чтобы их тени образовали определенный узор на полу.

Узор на полу. Вэй использовала свои технические навыки, чтобы понять механику вращений, и быстро решила головоломку.

Вторая головоломка: балансировка энергетических потоков

Вторая головоломка требовала сбалансировать потоки энергии между взаимосвязанными фигурами, подобно управлению электросетями. Используя свои знания об электрических системах, она регулировала потоки, пока фигуры не засияли в унисон.

С каждой разгаданной головоломкой участок стены растворялся, открывая путь в следующую подкамеру.

Палата интеллекта представляла собой огромный зал, полный плавающих геометрических фигур, светящихся внутренним светом. Символы и уравнения танцевали в воздухе, смещаясь и перестраиваясь в сложные узоры. Первые две головоломки заставили астронавта проверить пространственное восприятие и технические навыки, но третья головоломка стала еще более сложным испытанием.

Третья головоломка: резонанс сфер

Когда стены второй камеры-головоломки растворились, открывая путь к следующей камере, Вэй шагнул вперед, готовый к предстоящему испытанию. Камера была меньше предыдущих, со сводчатым потолком, сверкающим кристаллами.

В центре парила большая сферическая конструкция, состоящая из более мелких, соединенных между собой сфер, каждая из которых издавала свой звук.

Вэй подошла к конструкции и острым взглядом осмотрела запутанную сеть сфер. На каждой меньшей сфере были выгравированы символы и формы волн, все они пульсировали с разной частотой света и звука.

Цель - гармонизировать частоты сфер, чтобы открыть следующий проход.

Первоначальный анализ

Вэй сразу же понял, что перед ним стоит задача. Символы и формы волн напоминали головоломки, которые она решала раньше, но на этот раз решение зависело от ее способности понимать и управлять только частотами света и звука.

Вэй сказала себе: "Эти сферы... они представляют различные частоты. Звук, свет, возможно, даже электромагнитные волны. Я должна их синхронизировать".

Она протянула руку, чтобы коснуться одной из сфер, и та отозвалась чистым звуком, который эхом разнесся по камере. Звук колебался и создавал эффект пульсации в других сферах. Она поняла, что частота каждой сферы влияет на остальные.

Расшифровка символов

Вэй начала изучать символы на ближайшей сфере. Иероглифы указывали на отправную точку: базовую частоту, которую нужно было определить в первую очередь. Она настроила регуляторы на соседней панели и настроила сферу на заданную частоту.

Шаг 1: определение базовой частоты

Когда она точно настроила первую сферу, она издала ровный, гармоничный тон. Окружающие сферы откликнулись, и их световые и звуковые частоты стали выравниваться с базовой частотой.

Вэй подтвердила: "Хорошо, одна готова. Теперь нужно выровнять остальные".

Выравнивание частот

Каждая дополнительная сфера требовала точной настройки. Вэй использовала свои знания в области акустики и электромагнитных волн, чтобы выровнять частоты и добиться того, чтобы каждая сфера резонировала в гармонии с основной.

Шаг 2: Синхронизация вторичных частот

Вэй переходила от сферы к сфере, ее пальцы умело управляли регуляторами. Она отрегулировала длину и амплитуду волн и синхронизировала каждую сферу. Камера наполнилась гармоничным сочетанием света и звука, создав звучную симфонию, которая эхом разнеслась по всем уголкам купола.

Настройка последней сферы

Последняя сфера была самой сложной. Она содержала несколько перекрывающихся

Пересекающиеся формы волн, каждая из которых представляла собой различные типы частот. Вэй понял, что эта сфера - ключевой элемент головоломки и что ее настройка завершит гармоническую структуру.

Шаг 3: Гармонизация пересекающихся фрикций

Вэй сделала глубокий вдох и сосредоточилась. Она визуализировала формы волн, каждый слой которых представлял отдельный элемент технологии А'кара. Используя свой опыт, она поочередно корректировала частоты, чтобы они идеально сочетались с существующей гармонической структурой.

Когда все настройки были сделаны, сфера издала чистый и ясный звук, который эхом разнесся по всей камере. Другие сферы ответили тем же, их свет и звуки слились в гармоничное целое.

Проход открывается

После того как последняя головоломка была решена, камера завибрировала с легким гулом. Сферическая конструкция начала светиться ярче, а символы на ее поверхности озарили комнату мягким, неземным светом. Стены мерцали и медленно растворялись, открывая скрытый проход.

Вэй: "Я сделал это. Частоты гармонизированы".

Она отступила назад и восхищенно посмотрела на свою работу. Чувство выполненного долга наполняло ее гордостью, ведь она решила головоломку с помощью своего ума и мастерства.

Когда она продвигалась по вновь открытому коридору, эхо гармонической симфонии отдавалось в камере позади нее. Вэй знала, что ее путешествие еще далеко не закончено, и тайны цивилизации А'кара продолжали раскрываться перед ней. Благодаря знаниям и решимости, которые привели ее так далеко, она была готова к предстоящим испытаниям.

Второе испытание: Палата мужества

Вторая комната представляла собой огромную, тускло освещенную арену, на которой царила жуткая тишина. Тени двигались по краям поля зрения.

Цель: встретиться лицом к лицу с физическими и психологическими страхами и преодолеть их.

Внезапно тени превратились в осязаемые формы - существа, воплотившие в себе их самые глубокие страхи и неуверенность. Они бросились на нее с ужасающей скоростью, заставив ее реагировать инстинктивно.

Сердце Уайт бешено колотилось, пока она уворачивалась от существ. Она поняла, что одного физического мастерства недостаточно: нужно встретиться со своими страхами. С помощью своих занятий боевыми искусствами она сосредоточилась, сконцентрировала свой разум и контролировала дыхание.

Она встретилась взглядом с каждым существом и распознала страх, который оно олицетворяло. По мере того как она это делала, существа начинали растворяться, их угроза исчезала. Последнее существо олицетворяло ее страх перед неудачей, оно возвышалось над ней и выглядело внушительно. Собрав все свое мужество, она шагнула вперед и встретилась с ним лицом к лицу, убежденная в своих успехах и извлеченная из неудач. Существо растворилось в тумане, и перед ней открылся путь в следующую комнату.

Третье испытание: Палата целостности

Третья палата представляла собой тихий сад с безмятежным прудом

в центре. Вокруг пруда стояли статуи марсиан в различных позах медитации.

Цель: сделать этический выбор, демонстрирующий честность и сострадание.

Вэй подошла к бассейну и увидела свое отражение рядом с голограммами своих товарищей и близких. Вокруг раздался голос хранителя: "Чтобы прогрессировать, вы должны принимать решения, сочетающие логику и эмпатию".

Вокруг них начали разворачиваться голографические сценарии, каждый из которых изображал моральную дилемму:

Распределение ресурсов: поселение нуждалось в жизненно важных припасах, но справедливое распределение означало бы, что каждому достанется ровно столько, сколько нужно, в то

время как предпочтение одной группы могло бы обеспечить ее
долгосрочное выживание, но за счет других. Вэй решила
распределить припасы справедливо, чтобы у каждого был шанс,
что отражает ее веру в равенство и справедливость. Жертва ради
общего блага: В одном из сценариев был показан кризис, в
котором один человек должен был пожертвовать собой, чтобы
спасти многих других. Этим человеком был друг. Вэй
столкнулась с эмоциональной проблемой принятия решения,
когда общее благо было важнее личных интересов. Она выбрала
спасение многих и поняла, что за этим стоит болезненная, но
необходимая логика.

Прощение и искупление: сценарий, в котором бывший враг
ищет искупления и помощи в тяжелой ситуации. Вэй должна
была решить, стоит ли ей доверять им. Основываясь на своем
опыте работы в команде и потенциале перемен, она решила
предложить помощь, продемонстрировав свою веру во второй
шанс и способность развиваться.

Каждое ее решение взвешивалось Хранителем, и с каждым
правильным моральным выбором сад вокруг нее расцветал все
ярче и ярче. Наконец дорожка из освещенных камней привела
ее в предпоследнюю камеру.

Четвертое испытание: камера сосредоточенности

Как только Вэй переступила порог, она попала в большую,
тускло освещенную комнату. Стены были украшены
замысловатой резьбой и символами, которые тускло светились и
отбрасывали призрачные тени.

Цель: поддерживать ментальную силу, точность, адаптивность
и физическую дисциплину.

В центре комнаты стоял пьедестал, сделанный из материала,
который переливался, как жидкое серебро. На нем покоился лук,
подобного которому она никогда не видела. Казалось, что лук
пульсирует слабым внутренним светом, а рядом с ним лежал
колчан стрел, каждая из которых имела светящийся наконечник.

Вэй осторожно приблизилась к постаменту. Когда она уже
собиралась взять лук, раздался глубокий, отдающийся эхом
голос на понятном ей языке: "Докажи свою ценность
концентрацией и мастерством. Только тогда ты добьешься
успеха". Взяв лук в руки, Вэй почувствовала странную связь с
ним, как будто он был продолжением ее самой. Она перекинула
колчан через плечо, сделала несколько шагов назад и осмотрела
комнату в поисках первых признаков вызова.

Без предупреждения на стенах и на полу появился ряд мишеней.
Каждая мишень имела свой символ и светилась с разной
интенсивностью. Некоторые из них были неподвижны, а другие
начинали двигаться, непредсказуемо проносясь по воздуху или
стремительно скользя по полу.

Вэй наложила стрелу, ее чувства обострились, когда она прицелилась в ближайшую мишень. Она оттянула тетиву, почувствовала идеальное натяжение и отпустила ее. Стрела полетела точно и попала в центр мишени с приятным стуком. Тут же мишень исчезла, а еще одна появилась дальше.

После каждого попадания мишени исчезали, а на их месте появлялись новые, каждая из которых представляла собой более сложное испытание. Мишени появлялись одна за другой, двигаясь все быстрее и непредсказуемее. Воздух наполнился отвлекающими звуками - эхом, шепотом и далеким гулом невидимых механизмов, - все это мешало сосредоточиться.

На первый план вышли тренировки Вайс и ее природная способность к стрельбе из лука. Она отбросила все отвлекающие факторы и сосредоточилась на одной острой, как бритва, цели. Она дышала ровно, каждый выдох снимал напряжение и усиливал прицел. Ее движения были плавными и точными, это был танец концентрации и мастерства.

На полпути к испытанию обстановка вокруг изменилась. Из земли поднялись колонны, закрывая обзор и служа прикрытием для движущихся мишеней. Некоторые мишени были частично заслонены, и ей пришлось заново выверять прицел и время.

Пот струйками стекал по ее лбу, когда она тянула, целилась и отпускала в плавном потоке. Она быстро перемещалась, чтобы найти лучшие точки обзора, ее разум и тело были в полной гармонии. Она поражала мишень за мишенью, ее уверенность росла с каждым удачным выстрелом.

Внезапно освещение в камере изменилось, и перед ней возникла последняя задача: маленькая, быстро движущаяся пуля пронеслась по комнате с невероятной скоростью. Она издавала высокочастотный гудящий звук, что еще больше усложняло задачу. Это была высшая проверка ее концентрации и мастерства.

Вэй сделала глубокий вдох и успокоила свое бешено колотящееся сердце. Она следила за движением пули и предугадывала ее непредсказуемый путь. Она наложила последнюю стрелу, натянула тетиву и стала ждать подходящего момента. Время словно замедлилось, когда она полностью сосредоточилась на цели.

Сделав резкий рывок, стрела со смертельной точностью устремилась вперед. Она попала в центр пули, разбив ее во вспышке света. В зале воцарилась тишина, а светящиеся символы на стенах осветили всю комнату.

Эхо вновь заговорило, на этот раз с оттенком уважения и признания: "Ты доказал свою состоятельность. Путь свободен". Задняя стена камеры открылась, открыв проход, ведущий в последнюю камеру. Вэй, все еще державшая лук и колчан, почувствовала волну триумфа и облегчения.

Вэй улыбнулась, хотя ее мышцы болели, а разум все еще был ослаблен от тяжелого испытания. Хотя этот путь был создан специально для нее, это было самое трудное, что она когда-либо делала. Но она бы не справилась, если бы не знала, что где-то там ее товарищи по команде ждут, когда она подаст им знак жизни.

Пятое испытание: Палата знаний

Последняя комната представляла собой большую библиотеку, стены которой были уставлены полками с кристаллическими табличками и голографическими свитками. В центре находился постамент со сложной панелью управления.

Цель: расшифровать и постичь высшие знания марсианской цивилизации.

Вэй подошла к панели управления, на которой были изображены замысловатые узоры и инопланетные письмена. Ей предстояло расшифровать язык и ввести правильные последовательности, чтобы получить доступ к тщательно охраняемым секретам марсиан. Используя накопленные знания, а также свои познания в лингвистике и криптографии, она начала переводить символы.

Каждый правильный перевод активировал ту или иную часть гнезда и открывал больше информации о передовых технологиях и философии марсиан. Процесс был кропотливым и требовал предельной концентрации и глубокого понимания контекста и тонкостей марсианского языка.

После, казалось бы, многочасового труда последняя деталь встала на место, и постамент засветился ярким пульсирующим светом. Снова появилась голографическая проекция марсианского хранителя и одобрительно кивнула.

"Вы проявили интеллект, мужество, честность и способность понимать и уважать наши знания. Теперь вы достойны узнать секреты Врат".

Откровение и возвращение

После завершения испытаний Хранитель дал Вэй подробную карту сети Шлюза и инструкции по навигации. Среди пунктов назначения она нашла координаты Земли. Активировав шлюз, Вэй снова почувствовала запутанное притяжение пространства-времени. Когда ощущение улеглось, она оказалась в древней камере под песками Египта, окруженная древними иероглифами и теплым сиянием солнечного света, проникающего через узкое отверстие.

Она вышла в египетскую пустыню, и ее разум наполнился знаниями и опытом, которые она собрала. Она знала, что секреты, которые она привезла из марсианской цивилизации, определят будущее человечества.

Стоя под огромным, усыпанным звездами небом, Вэй ощущала глубокую связь с космосом - мост между мирами, выкованный испытаниями, которые проверяли саму суть ее существа. Она вернулась не только как астронавт, но и как носитель древней мудрости и надежды для всего человечества.

Глава 16: Восстановление связи

Мысли Вайс были сосредоточены на ее товарищах, которые все еще оставались на Марсе. Ей нужно было восстановить связь, чтобы сообщить им о своем выживании, успешном завершении испытаний и важнейших знаниях, которыми она теперь обладала. Шлюз вернул ее на Землю, но ее миссия была далека от завершения.

Поиск средств связи

Сначала Вэй нужно было найти средство связи. Она вернулась внутрь пирамиды. Она была древней, но в ней были заметны следы марсианского влияния. Она надеялась, что древние египтяне оставили инструменты или знания, которые могли бы ей помочь.

Исследуя камеры пирамиды, она обнаружила потайную комнату, наполненную артефактами, которые намекали на передовые технологии. Среди реликвий было устройство, напоминающее древний коммуникатор, конструкция которого была удивительно сложной, несмотря на возраст.

Вэй внимательно осмотрел устройство, отметив его сходство с марсианской технологией. Судя по всему, это был какой-то приемопередатчик, возможно, способный поддерживать дальнюю связь. Она быстро сработала и, используя свои инженерные навыки, активировала спящее устройство. Она настроила его на частоты, которые узнала от марсианского шлюза.

Как только коммуникатор заработает, Вэй должна будет установить четкую связь с Марсом. Устройство жужжало, а его замысловатые схемы светились нереальным светом. Она откалибровала приемопередатчик и настроила его с учетом огромного расстояния между Землей и Марсом и задержки, вызванной скоростью света.

"Давай, давай", - бормотала она про себя, пока ее пальцы перебирали рычаги управления. Она послала серию импульсов, закодировав в них сообщение и свои координаты, надеясь привлечь внимание товарищей.

Ожидая ответа, Вэй почувствовала страх. Что, если сообщение не дойдет до нее? Что, если устройство окажется недостаточно мощным? Она расхаживала взад-вперед по камере, снова и снова поглядывая на коммуникатор, надеясь, что все пройдет успешно.

Спустя, казалось, целую вечность, устройство издало серию звуковых сигналов, означающих входящую передачу. Ее сердце забилось от надежды.

Контакт восстановлен

Коммуникатор ожил, и она услышала слабый, но отчетливый голос коммандера Харриса. "Вэй, это ты? Это база на Марсе. Вы меня слышите?"

Слезы облегчения навернулись ей на глаза. "Да, это я! Я на Земле, в Египте. Я нашла другие ворота. Я в безопасности". На мгновение линия замолчала, затем раздался полный эмоций голос коммандера Харриса. "Слава богу. Мы думали, что потеряли вас. С вами все в порядке? Что случилось?"

Особенность этой новой формы связи по сравнению с прежней наземной заключалась в том, что теперь она работала в режиме реального времени и без средней задержки в 12,5 минуты в одну сторону. Вэй кратко рассказала о своем путешествии, объяснила, какие трудности ей пришлось пережить и какие знания она получила о марсианской цивилизации под названием А'кара. Она рассказала о существовании сети "Шлюз" и ее возможностях соединить множество миров, включая прямую связь с Землей.

Пока она говорила, другие члены экипажа присоединились к передаче. В голосе Ивана прозвучала смесь облегчения и вины. "Вэй, я... Мне очень жаль. Мы понятия не имели, что произойдет".

"Все в порядке, Иван", - твердо ответила она. "Сейчас важно, что мы будем делать дальше. У меня есть информация, которая может все изменить. Знания марсиан, их технологии - это невероятно. Мы должны изучить их и понять до конца". Эмили, как ученый, сразу перешла к делу: "Вы можете прислать нам данные? Мы должны проанализировать их и понять, как они могут помочь нам здесь, на Марсе".

Вэй включила коммуникатор и подключила его к портативному датападу. Она начала передавать зашифрованные данные, собранные ею во время экспериментов. "Я отправляю все прямо сейчас. Это может занять некоторое время из-за расстояния, но вы скоро сможете их получить".

Пока шла передача данных, команда обсуждала свои дальнейшие действия. Командир Харрис взял на себя инициативу и координировал действия между Землей и Марсом.

"Нам нужно обезопасить пирамиду здесь и защитить ворота", - предложил Вэй. "Если другие найдут ее, не понимая ее значения, это может быть опасно".

"Согласен", - ответил коммандер Харрис. "Мы продолжим нашу работу здесь и подготовимся к возможным путешествиям через врата. Это может стать поворотным моментом для человечества".

Клаус вмешался: "Я вам немного завидую, теперь у вас есть возможность насладиться морским курортом с пляжем, напитками и пальмами!"

Вэй ответил: "Конечно, но tempus fugit. Даже здесь у меня не будет много времени, я буду очень занят охраной пирамиды и постоянным консультантом в управлении полетами. Но когда мы снова будем все вместе, обещаю, я налью тебе холодного пива, Клаус".

Затем Софи вмешалась: "Вэй, я не знаю, как это сказать, но мне очень жаль".

Вэй ответил: "Не надо об этом. Давайте похороним то, что произошло. Я прощаю тебя. На самом деле, благодаря тебе у меня появился шанс на всю жизнь - получить этот особый опыт, побывать там, где еще не бывала ни одна женщина".

Голос Ивана, все еще окрашенный эмоциями, прорвался сквозь них. "Вэй, мы гордимся тобой. Твоя смелость и настойчивость дали нам шанс достичь чего-то необычного".

"Спасибо, Иван, - ответила она, ощущая всю тяжесть их общей миссии.

"Давайте убедимся, что мы чтим жертву Вэя и наследие марсианской цивилизации", - заключил коммандер Харрис.

Когда передача закончилась, Вэй ощутила глубокое удовлетворение и чувство цели. Она преодолела разрыв между мирами не только физически, но и интеллектуально и эмоционально. Знания, которые она несла с собой, были маяком для будущего человечества, свидетельством постоянного духа исследований и открытий. Она вышла из пирамиды и окинула взглядом бескрайнюю пустыню.

Солнце садилось за горизонт, отбрасывая длинные тени на древние пески.

Когда в ночном небе заискрились звезды, Вэй почувствовала глубокую связь со Вселенной. Врата показали ей, что расстояния можно преодолеть, что знаниями можно делиться и что единство возможно, несмотря на необъятность космоса.

После этого захватывающего приключения Вэй была совершенно измотана. Усталость одолела ее, и она уснула на песчаном холме рядом с египетской пирамидой.

Глава 17: Цивилизация А'кара

Раскрытие истории А'кара

Путешествие в глубины марсианской пирамиды было как физической, так и интеллектуальной одиссеей. Исследуя лабиринты коридоров и камер, астронавты открыли для себя богатую историю цивилизации А'кара, собрав воедино историю народа, чьи достижения и понимание Вселенной намного превосходили все, что когда-либо представляло себе человечество.

В одной из камер пирамиды хранился ключ к пониманию А'кара. Стены были украшены детальной резьбой и иероглифами, каждый из которых изображал фрагмент эпической истории А'кара. В центре комнаты возвышался большой, богато украшенный постамент, на котором покоилась кристаллическая скрижаль. Когда планшет активировался, на него проецировались голографические изображения и рассказывалась история а'кара на их собственном мелодичном древнем языке.

Когда астронавты активировали панель, комната наполнилась светом. Голографические фигуры, мерцающие в неземном свете, перемещались по комнате, воспроизводя сцены из истории А'кара. В сочетании с иероглифами эти проекции создавали яркое и захватывающее впечатление.

Проекция начиналась с первых дней существования А'кара. Они были представлены как процветающее общество, города которого были оснащены высокими сооружениями и передовыми технологиями. А'кара использовали силу марсианских ресурсов и освоили источники энергии, которые были чистыми, неограниченными и устойчивыми. Они жили в гармонии с окружающей средой, и их общество отличалось глубоким уважением к планете и космосу.

Следующий этап характеризовался неутолимым любопытством А'кара к Вселенной. Они строили обсерватории и космические корабли, исследовали Солнечную систему и другие уголки планеты. Их ученые и философы исследовали тайны жизни, энергии и сознания. Эта эпоха характеризовалась революционными открытиями и развитием технологий, позволяющих управлять энергией и материей на фундаментальном уровне.

По мере того как росло их понимание Вселенной, А'кара осознали свою роль космических управляющих. Голограммы показывают образование Небесного совета - группы просветленных существ, которые помогали А'кара в их стремлении поддерживать космический баланс. А'кара научились направлять космические энергии и использовать их для поддержания своего общества и защиты мира от внешних угроз.

Самая глубокая глава их истории посвящена поискам А'Кары бессмертия. Проекции иллюстрируют их эксперименты с сознанием и энергией в попытке выйти за пределы своей физической формы. Они обнаружили, что, сливая свою сущность с определенными резонирующими материалами, такими как камни пирамиды, они могут достичь состояния вечного существования.

Концепция бессмертия А'кара заключалась не только в том, чтобы жить вечно, но и в том, чтобы выйти за пределы физического существования и стать частью космической ткани.

Астронавты узнали, что а'кара разработали сложные ритуалы для подготовки к трансценденции. Эти ритуалы заключались в гармонизации своей энергии с космическими ритмами и прохождении ряда ментальных и духовных подготовок. Последним шагом было слияние сознания с резонансной матрицей, в результате чего человек фактически становился частью пирамиды и космического энергетического поля.

При трансцендировании индивидуальные личности А'кара растворялись, и они становились частью коллективного сознания. Это коллективное сознание было огромным и взаимосвязанным, что позволяло А'кара ощущать Вселенную способами, немыслимыми для физических существ. Они могли воспринимать космические события, влиять на энергетические потоки и поддерживать равновесие во Вселенной.

Бессмертие А'кара сопровождалось глубоким чувством ответственности. Как вечные стражи, они должны были защищать Вселенную от энтропии и хаоса. Их сознание, рассеянное подобно звездной пыли, играло важнейшую роль в поддержании ткани бытия. Эта роль была не просто обязанностью, а гармоничным существованием, в котором они находили смысл и удовлетворение в своей роли хранителей.

Когда голографический рассказ закончился, астронавты стояли в молчаливом изумлении, впитывая в себя масштаб того, что они только что пережили.

Командир Харрис начал комментировать: "Это превосходит все, что мы могли себе представить. А'кара были не просто развиты - они обладали мудростью, превосходящей наше понимание жизни и Вселенной. Их понимание космических энергий и их роли как управляющих реальностью просто невероятно".

Эмили продолжает: "Эти иероглифы - нечто большее, чем просто запись их достижений. Они рассказывают историю цивилизации, которая вышла за пределы физического существования. То, как они объединились с пирамидами, чтобы достичь бессмертия, одновременно завораживает и пугает. Их стремление к бессмертию заключалось не в том, чтобы избежать смерти, а в том, чтобы стать единым целым с космосом. Их сознание стало частью ткани Вселенной и поддерживало ее в равновесии. Это прекрасная и скромная концепция".

Затем Иван нашел свои слова: "И их чувство ответственности... Они стремились не к власти или контролю, а к гармонии и защите. Их наследие - свидетельство потенциала разумной жизни, когда она стремится к знанию и пониманию. Они также пожертвовали своей индивидуальностью ради общего блага и стали частью коллективного сознания. Это уровень самоотверженности, который трудно постичь. Но он также поднимает вопросы о природе личности и сознания".

После того как Вайс подала знак жизни, Софи полностью реабилитировалась в коллективе, хотя определенное недоверие внутри команды осталось. Она сказала: "Новое созвездие в небе - прекрасное напоминание о ее жертве и о нашей связи с космосом. Мы не просто исследователи, мы - часть чего-то большего. Нам есть чему у них поучиться. Их технологии, их философия, их понимание энергии и сознания - это настоящая сокровищница знаний".

Эмили добавила: "И их история - это не просто история прошлого. Это руководство для нас, указатель к высшей цели. Мы обязаны чтить их наследие и использовать полученные знания для защиты и улучшения нашего мира".

Клаус, молчавший все это время, ничего не сказал. Его мысли все еще блуждали по Вэю и тому травмирующему событию, хотя он должен был признаться себе, что классическое осознание скоро пришло: "Не видно, не слышно", потому что перед ним стояла Эмили во всем ее великолепии, которую он мог не только видеть и слышать, но и вскоре ощутить всеми остальными органами чувств - запахом, вкусом, прикосновением... Но с этим придется подождать, пока они не доберутся до места обитания. Он внезапно влюбился в нее, и ему показалось, что она тоже это почувствовала. После небольшой паузы Клаус счел нужным прокомментировать: "Ваши иероглифы и голографические записи - не просто исторические артефакты. Это послания, учения, которыми мы должны руководствоваться. Мы должны расшифровать каждую частицу информации и поделиться ею с миром. Понимание А'кара космических ритмов и их роли как хранителей предлагает нам новый взгляд на наше собственное существование. Нам есть чему у них поучиться и к чему стремиться".

С новым чувством цели астронавты начали тщательно документировать свои открытия. Они понимали, что их открытия могут изменить ход истории человечества, ведь они давали представление не только о передовых технологиях, но и о глубоких философских и этических учениях А'кара.

Они установили надежную связь с Землей и передали все богатство знаний, которые им удалось обнаружить. Они также сообщили о местонахождении Вэя и о своем приключении. Они передали точные координаты, чтобы забрать их и доставить в центр управления миссией. Хотя Вэй находилась на расстоянии около 225 миллионов километров (140 миллионов миль), теперь она была для них самым ценным и незаменимым помощником на Земле.

Их миссия эволюционировала от исследования к сохранению и обучению. Теперь они были хранителями наследия А'кара, которым было поручено следить за тем, чтобы человечество училось у мудрости этой древней марсианской цивилизации.

Готовясь к следующему этапу своей миссии, астронавты почувствовали глубокую связь с а'кара, родство, выходящее за рамки времени и пространства. Они были частью космического континуума, связанные общим стремлением к знаниям и вечным поиском понимания тайн Вселенной.

Глава 18: Потайная камера

Марсианская пирамида нависала над астронавтами, отбрасывая длинные тени на красные пески поверхности планеты. Обнаружение новых камер в древнем сооружении стало для команды обычным делом, но каждая новая находка вызывала у них волнение и трепет. Однако сегодня все будет по-другому.

Эмили использовала свой геологический опыт, чтобы исследовать внешнюю структуру пирамиды на предмет аномалий. Ее острый глаз на хвосты вскоре окупился, когда она заметила небольшую неровность в каменной кладке на северной стороне. Остальные члены команды приступили к исследованию.

Эмили указала на стену: "Смотрите. В этом месте камни другие. Может, они что-то скрывают".

Клаус осмотрел камни: "Ты прав. Здесь есть прекрасные опоры, почти как скрытая дверь. Давайте посмотрим, сможем ли мы ее открыть".

Они тщательно и точно проследили швы и надавили на камни в разных направлениях. После нескольких попыток камни начали двигаться, открывая узкий проход, который вел вглубь пирамиды. Астронавты обменялись взволнованными взглядами и вошли внутрь, освещая темноту факелами.

Коридор был длинным и извилистым, а стены украшали новые иероглифы и резьба. Наконец они попали в большую круглую комнату. В центре камеры стоял пьедестал, на котором покоились три предмета, залитые мягким неземным светом.

Первый артефакт

У Софи расширились глаза: "Интересно, что это за артефакты?"

Командор Харрис подошел ближе: "Они похожи на какие-то усовершенствованные инструменты или оружие. Давайте посмотрим на них поближе". Первым предметом был тонкий скипетр из неизвестного металла, переливающийся на свету. На нем были выгравированы замысловатые узоры и три разных гнезда, отмеченные символами.

Иван осмотрел скипетр и сказал: "Похоже на оружие. Возможно, у него есть разные режимы. Давайте посмотрим... эти символы могут указывать на настройки".

Клаус указал на незаметно спрятанные символы: "Этот похож на символ оглушения. А здесь - пламя. Последний - череп. Оглушить, сжечь и убить".

Командир Харрис кивнул: "Нам нужно проверить это, чтобы убедиться, но это кажется правдоподобным. Мы должны относиться к этому с крайней осторожностью".

Иван вызвался: "Давай, Клаус. Сделай мне дозу с анестетиком, пожалуйста. Если я не вернусь к жизни, сделайте мне инъекцию адреналина".

Софи с любопытством спросила: "Эпинефрин?"

Иван ответил: "Да, это синтетический адреналин, он может помочь..."

Командир Харрис перебил: "Не может быть и речи. Если вы, наш доктор, не выздоровеете, у нас будут большие проблемы".

Клаус заговорил: "Я возьму это на себя".

Эмили неожиданно оттолкнула Клауса: "Мы, женщины, тоже сильные и не являемся слабым полом. Я настаиваю на том, чтобы быть подопытной".

Командир Харрис был убежден и дал добро. В стиле военного командования он коротко сказал: "Разрешаю!" Не раздумывая, Иван направил скипетр на Эмили и нажал кнопку оглушения. Эмили тут же потеряла сознание, и Клаус успел подхватить ее, прежде чем она упала на пол.

Примерно через 30 секунд Иван подошел к Эмили и сделал ей реанимационный укол.

Эмили почувствовала головокружение и пробормотала: "Где я? Что случилось?".

Иван объяснил: "Это нормально. Когда вы выходите из наркоза, у вас часто бывает ретроградная амнезия".

Эмили постепенно пришла в себя и встала на ноги. Она благодарно улыбнулась Клаусу, который все это время нежно держал ее на руках. Она и сама понимала, что в ней пробудился первобытный инстинкт защиты. Но ей это очень нравилось, и она каким-то образом чувствовала, что Клаус тоже наслаждается своей ролью.

Второй артефакт

Рядом со скипетром лежал тонкий посох, не похожий на

современный медицинский сканер, но с гладким, органическим дизайном. Он излучал мягкий зеленый свет и имел на конце ручку. Устройство казалось не только функциональным, но и произведением искусства, созданным с большим вниманием к деталям и пониманием эстетики и эргономики. Он был сделан из гладкого переливающегося материала, который отражал спектр цветов в зависимости от освещения. Материал обладал прочностью металла, но теплотой и тонкой гибкостью тонкого полимера, что наводило на мысль о композитном материале с усовершенствованной конструкцией. Поверхность жезла украшали замысловатые, плавные узоры, которые, казалось, менялись по мере движения. Эти узоры были не просто декоративными, а содержали микрогравировки символов и глифов, которые, как считалось, являлись частью системы управления и активации устройства. Гравировки были сложными и точными, что наводило на мысль об использовании передовой лазерной гравировки или аналогичной технологии. На одном конце жезла в поверхность был вмонтирован небольшой круглый кристалл. Когда жезл использовался, он излучал мягкий зеленый свет. Вокруг кристалла располагались концентрические кольца из крошечных светящихся символов, которые тускло светились. Чтобы активировать палочку, нужно было нажать на кристалл и повернуть кольца, чтобы совместить определенные символы, которые, вероятно, использовались в палочке для различных медицинских функций.

Эмили берет в руки палочку: "Похоже, это может быть медицинским инструментом. Видите, какая у нее форма? Она сделана так, чтобы ее было удобно держать и направлять".

Софи активирует прибор: "Давайте проверим его. Иван, у тебя есть небольшие раны?"

Иван показывает небольшую рану на руке: "Вот. Будьте осторожны".

Софи направила зеленый свет на рану Ивана.

Лицо Ивана исказилось от боли, и он простонал: "Ай! Осторожнее, я человек".

Почти мгновенно рана начала закрываться, и кожа плавно натянулась.

Иван был поражен и восторженно сказал: "Это медицинский прибор! Невероятно! Он может произвести революцию в оказании неотложной помощи".

Иван взял у Софи медицинскую палочку и осторожно положил ее в карман. Он был уверен, что этот прибор можно будет чаще использовать в этой миссии.

Третий артефакт

Наконец они обратили внимание на третий артефакт - небольшой интересный предмет, напоминающий браслет. Браслет был сделан из блестящего неизвестного сплава, отражавшего свет так, что казался почти жидким. Он казался бесшовным и текучим, без видимых стыков или швов, что свидетельствовало о высоком уровне металлургического мастерства. Браслет был чуть больше обычного браслета и удобно облегал запястье, не будучи громоздким. Внешняя поверхность браслета была окружена тонкой гравировкой, напоминающей слияние геометрических узоров и органических мотивов. Эти узоры переплетаются в непрерывный цикл, создавая завораживающий визуальный эффект. В гравюры были вкраплены крошечные светящиеся символы, которые пульсировали слабым неземным светом. Эти символы напоминали иероглифы на стенах пирамид, что наводило на мысль о том, что они имеют важное значение или функцию, связанную с работой устройства. В центре браслета находился небольшой приподнятый кристалл размером с горошину. Этот кристалл излучал мягкое разноцветное свечение, которое, казалось, менялось в зависимости от того, под каким углом на него смотреть. Астронавты предположили, что этот кристалл - ключ к активации устройства. Когда Клаус прикоснулся к нему, он замерцал и исчез из виду.

Эмили закричала: "Клаус, куда ты пропал?"

Внезапно к Эмили сзади прикоснулись невидимые руки.

Эмили захихикала от восторга и энергично ответила: "Плохой мальчик. Пожалуйста, веди себя прилично, Клаус. У нас здесь публика!"

Клаус снова появился: "Это маскировочное устройство! Я был совершенно невидим. Это может быть очень полезно для разведки и защиты".

А Эмили кокетничала с Клаусом: "И для соблазнения!"

Продолжая поиски, астронавты обнаружили еще несколько браслетов в своеобразной коробке. Теперь у каждого члена команды был персональный маскировочный колпак.

Командир Харрис сказал серьезным голосом: "Мы должны задокументировать эти открытия и интегрировать их в нашу миссию. Эти устройства более совершенны, чем все, что у нас есть, и они могут сыграть решающую роль в нашем выживании и успехе на Марсе".

Астронавты собрали новое оборудование и отправились обратно в свой базовый лагерь. Обнаружение Зеп-тера, медицинского персонала и маскировочного устройства добавило новое измерение их миссии. Теперь они обладали технологией, которая могла защитить их, исцелить и при необходимости сделать невидимыми. Последствия были огромны, и они знали, что должны использовать эти инструменты с умом.

Когда они сидели вместе в своем лагере и обсуждали потенциальные преимущества и последствия своих новых открытий, в группу вселилось чувство цели. Они были не просто исследователями, а первопроходцами, стоящими на пороге новой эры человеческих открытий.

Командор Харрис решительно заявил: "Мы нашли здесь невероятные инструменты, но нам нужно сосредоточиться. Наша задача - раскрыть секреты этой цивилизации и извлечь из них уроки. Давайте использовать эти инструменты, чтобы помочь нам, но не забывать, зачем мы здесь".

Команда кивнула в знак согласия, каждый из членов осознал всю серьезность ситуации. С новыми открытиями в руках они чувствовали себя лучше подготовленными к тому, что ждет их впереди. Тайны марсианской пирамиды были раскрыты далеко не полностью, но с каждым шагом они становились все ближе к пониманию древней А'Кары и ее невероятного наследия.

Глава 19: Небесный совет

Астронавты продвигались вглубь марсианской пирамиды, их путь освещало мягкое, пульсирующее свечение иероглифов. Они решали головоломки, проверявшие их интеллект и единство, и каждый шаг приближал их к сердцу цивилизации А'кара. Когда они вошли в следующую камеру, в воздухе разлилось всепоглощающее чувство предвкушения.

Большая камера

Камера была огромной, а ее сводчатый потолок был украшен созвездиями, сверкающими, как ночное небо. На стенах витиеватая резьба, изображающая историю и достижения А'кара.

В центре комнаты восседала чудовищная фигура с девятью пальцами на каждой руке, окруженная шестью высокими бесплотными фигурами из мерцающего света и энергии.

Командор Харрис сделал шаг вперед, его глаза расширились от удивления. "Что это за место?"

Эмили изучала резьбу на стенах. "Должно быть, это Небесный совет, хранители знаний и наследия А'кара".

Фигуры, казалось, заметили ее присутствие, их формы засветились ярче. Мягкий гул наполнил комнату, резонируя с потусторонней энергией. Астронавты инстинктивно понимали, что находятся в присутствии существ, находящихся далеко за пределами их понимания.

Первая встреча

Одна из фигур шагнула вперед, и ее форма стала более четкой. Она имела гуманоидную форму, но излучала глубокую энергию, выходящую за пределы физического тела. Когда она заговорила, ее голос представлял собой гармоничное сочетание тонов, которые эхом отдавались прямо в головах астронавтов.

Небесное существо начало: "Добро пожаловать, путешественники с Земли. Мы - Небесный совет, управляющие цивилизацией А'кара. Вы доказали свой интеллект и единство, преодолев выпавшие на вашу долю испытания".

Софи почувствовала, как по позвоночнику пробежала дрожь. "Кем были А'кара? Что с ними случилось?"

Свечение фигуры усилилось, и в воздухе вокруг нее начали формироваться образы, иллюстрирующие взлет и падение цивилизации А'кара.

Они освоили использование космических энергий и использовали силу звезд и планет для развития своих технологий и поддержания общества. Цивилизация А'кара находилась в зените своего развития, являясь маяком передовых технологий и просвещенной философии. Их города были чудом инженерной мысли и органично вписывались в марсианский ландшафт. Башни из хрусталя и металла вздымались в небо, питаясь от солнечной и геотермальной энергии. А'кара освоили устойчивое существование и обеспечили процветание своей планеты наряду с технологическими достижениями.

Небесное существо объяснило: "Когда-то мы были такими же, как вы, - исследователями и изобретателями, стремящимися постичь тайны Вселенной. Наши знания росли, наши достижения были велики".

На картинках а'кара занимались различными научными и культурными делами. Они изучали звезды, исследовали секреты атома, создавали произведения искусства и музыки. А'кара глубоко понимали космические ритмы Вселенной. Они создали сеть знаний и энергии и распространили свое влияние на другие планеты и даже иные измерения. Их конечной целью было поддержание баланса и гармонии во всем космосе.

Приближение энтропии

Несмотря на успехи, а'кара не могли избежать фундаментальных законов Вселенной. Они начали обнаруживать тонкие изменения в окружающей среде - сдвиги в магнитном поле, колебания температуры ядра планеты и аномалии в космических лучах, которые они получали.

Клаус прокомментировал: "Они заметили признаки планетарного распада".

Небесное существо кивнуло. "Действительно, наблюдали. Наши ученые предсказали, что Марс медленно поддается энтропии. Ядро остывает, атмосфера истончается, а природные ресурсы иссякают. Мы должны были действовать, чтобы сохранить наше наследие".

Астронавты завороженно наблюдали за происходящим, впитывая в себя глубокую историю. История о борьбе цивилизации с космической неизбежностью.

Катастрофическое событие

Переломный момент наступил, когда серия мощных ударов астероидов обрушилась на Марс, уничтожив значительную часть его и без того хрупкой атмосферы.

Возникшие бури посеяли хаос на поверхности планеты и привели к огромным разрушениям.

Командир Харрис предположил: "Это, похоже, подтверждает спорный закон Тициуса-Боде с исчезнувшей планетой, которая также втянула Марс в бездну, разрушив его ударами астероидов".

Небесное существо пояснило: "Удар астероидов стал тревожным сигналом. Мы поняли, что наше время как физических существ ограничено. Мы должны были найти способ сохранить наши знания и сущность, пока не стало слишком поздно".

На снимках видно, как А'кара судорожно пытаются защитить свои города, а их ученые неустанно работают над поиском решения. Это была гонка со временем, поскольку состояние планеты ухудшалось с каждым солом.

План трансцендентности

Самые светлые умы А'кара разработали смелый план: они хотели выйти за пределы планеты.

Они хотели выйти за пределы своей физической формы и слить свое сознание со структурой пирамиды, структурой, которая могла бы противостоять разрушительному воздействию времени и космических сил.

Эта пирамида должна была служить хранилищем их коллективной мудрости и сущности и гарантировать, что их наследие будет жить вечно.

Небесное существо сообщило: "Мы построили пирамиду из материалов, которые могли простоять веками. Она стала нашим ковчегом, сосудом, который понесет наше сознание и знания в будущее".

На фотографиях было показано строительство пирамиды - монументальная работа, в которой участвовала вся цивилизация. Строение должно было концентрировать и хранить космические энергии и создавать стабильную среду, в которой могло бы пребывать их сознание.

Великая церемония перехода

Кульминацией их усилий стала Великая церемония перехода. Все население собралось вокруг пирамиды, их лица были полны надежды и торжественной решимости. Вожди А'кара, включая будущих членов Небесного совета, стояли в первых рядах, готовые повести свой народ в новое существование.

Небесное существо пояснило: "Эта церемония стала глубоким моментом в нашей истории. Мы использовали нашу технологию, чтобы превратить наши физические формы в чистую энергию и слить наше сознание с пирамидой".

Изображения представляли собой захватывающее зрелище света и энергии. А'кара стояли концентрическими кругами вокруг пирамиды, их тела растворялись в мерцающих потоках энергии, которые вливались в строение. Пирамида впитывала энергию, ее стены светились внутренним светом, когда в ней сливалось сознание целой цивилизации.

Возникновение Небесного Совета

Когда последний А'кара присоединился к коллективному сознанию внутри пирамиды, появился Небесный совет. Эти существа из чистой энергии воплотили в себе мудрость и знания А'кара, и им было поручено сохранить пирамиду и ее секреты на вечные времена.

Небесное существо сообщило: "Мы стали Небесным Советом, хранителями наследия нашей цивилизации. Наша задача - направлять и защищать, чтобы наши знания служили на благо всего космоса".

Наследие бессмертия

Эмили с благоговением смотрела на фигуры. "Вы достигли одной из форм бессмертия, став единым целым с пирамидой".

Небесное существо кивнуло. "Да, это так. Преодолев свою физическую форму, А'кара позаботились о том, чтобы их наследие продолжалось. Их сознание стало частью пирамиды, их мудрость сохранилась для тех, кто пришел после них".

Клаус спросил: "Какова была цель тех испытаний, через которые мы прошли?"

Небесное существо ответило: "Испытания должны были проверить ваш интеллект, ваше единство и вашу целостность. Только те, кто обладает этими качествами, считаются достойными обрести все знания и силу А'Кары. Вы доказали, что способны на это".

Космический ключ

Зал наполнился сияющим светом, и фигуры Небесного совета начали сливаться, образуя единое сияющее существо. Это существо протянуло руку, из которой хлынул поток энергии, создавая внутри ключа плавающие голографические изображения символов, уравнений и звездных карт. Небесное существо пояснило: "Это Космический ключ, кульминация знаний А'кара. Он хранит секреты Вселенной, передовые технологии и является ключом к достижению гармонии и равновесия в вашем собственном мире".

Айвен подошел ближе, завороженный кружащимися изображениями. "Это может изменить все для человечества".

Софи согласилась с ним. "Это неизмеримый дар. Но почему вы делитесь им с нами?"

Небесное существо ответило: "А'кара верили в то, что другие цивилизации могут внести свой вклад в космический порядок. Делясь с вами этими знаниями, мы надеемся привести вас к будущему просветлению и равновесию".

Изображения померкли, и астронавты остались стоять в камере, ошеломленные масштабами увиденного. Командир Харрис шагнул вперед и взял в руки Космический ключ, висевший перед ними.

Размышления и решения

Эмили посмотрела на свою команду, в ее глазах светилась решимость. "Они пожертвовали своим физическим существованием, чтобы сохранить свою сущность. Это вызывает благоговение и смирение одновременно".

Указав на ключ в своей руке, коммандер Харрис добавил: "И с этим ключом они доверили нам свое наследие. Мы обязаны уважать это доверие. Мы принимаем это знание с благодарностью и смирением. Мы будем использовать его, чтобы улучшить наш мир и обеспечить его разумное распространение".

Клаус заключил: "Нам выпала редкая возможность. Давайте чтить знания А'кара и постараемся использовать их по максимуму. Это не только дар, но и бремя".

Свет небесного существа слегка померк - знак того, что наступил торжественный момент. "Помните, что с великим знанием приходит и великая ответственность. Используйте его для укрепления мира и взаимопонимания, а также для защиты равновесия в вашем мире и космосе".

Команда стояла в тишине, каждый из них размышлял о тяжести дарованного ему знания. История выхода за пределы А'кара была свидетельством силы единства, интеллекта и воли к упорству. Вооружившись этими знаниями и Космическим ключом, они почувствовали новую цель, готовясь отправиться дальше в пирамиду, чтобы раскрыть новые тайны и продолжить наследие А'кара.

Глава 20: Врата в машину времени

Открытие

Марсианская пирамида с ее внушительной пятигранной структурой и замысловатой резьбой уже открыла астронавтам множество секретов. Каждая исследованная ими камера, казалось, открывала новую часть наследия древней цивилизации А'кара. И все же они чувствовали, что величайшее открытие все еще скрыто где-то в лабиринтных залах.

После нескольких сол, проведенных в поисках и расшифровке хие-роглифов, команда добралась до центральной камеры - огромной круглой комнаты, которая казалась сердцем пирамиды. Стены были украшены символами и глифами, которые загадочно светились в тусклом свете. В центре комнаты возвышалась массивная круглая платформа, окруженная колоннами с замысловатыми узорами.

Эмили внимательно осмотрела платформу. "Эти символы, - сказала она, - не похожи на те, что мы видели раньше. Похоже, они представляют собой поток времени, а не только пространства".

Клаус подошел ближе. "Как будто эта платформа создана для того, чтобы манипулировать временем. Посмотрите на последовательность этих высечек - они наводят на мысль о цикличности процесса, как вращение часов". Отсутствующий Вэй, как блестящий лингвист, Софи уже продемонстрировала свои навыки в расшифровке инопланетного языка, когда подошла к панели управления рядом с платформой. "Я уже видела эти символы, - сказала она, - они являются частью последовательности активации, но есть и что-то еще - дополнительный уровень команд. "

Команда собралась перед панелью управления и уставилась на загадочную резьбу. Софи, в глазах которой все еще мучились воспоминания о жертве Вайса, провела пальцами по странному камню.

"Это не просто ворота, - пробормотала она с тяжелым осознанием в голосе. "Это машина времени".

Остальные обменялись изумленными взглядами. Путешествие во времени - несбыточная мечта, ставшая реальностью благодаря рукам древней марсианской цивилизации.

Командир Харрис, всегда прагматичный руководитель, кивнул. "Давайте будем осторожны. Если это действительно машина времени, мы должны понять, как она работает и каким протоколам безопасности мы должны следовать".

Айвен согласился. "Мы не хотим запустить что-то, что может причинить вред. Давайте работать вместе, чтобы расшифровать это".

В течение следующих нескольких часов команда скрупулезно изучала символы и объединила свои знания, чтобы расшифровать сложную последовательность. Софи сыграла решающую роль в понимании технических принципов, лежащих в основе механизма.

Иван обнаружил слот для ключа, который подходил к недавно приобретенному Космическому ключу. Он сказал: "Посмотрите на это! Это может быть замком для нашего ключа".

Затем Иван осторожно вставил Космический ключ, но это все равно не дало никакого эффекта. "Это похоже на головоломку, - сказала Софи, ее глаза сияли от восторга. "Каждый символ представляет собой отдельную временную координату. Если мы правильно расставим их, то сможем активировать врата". Команда работала без устали, выравнивая символы и вводя последовательность в панель управления. Платформа начала гудеть от энергии, а символы на столбах засветились ярче, заливая камеру неземным светом.

Когда последний символ был выровнен, платформа пришла в движение. Пол под ней разверзся, открыв мерцающий полупрозрачный дверной проем. Ворота были овальными, их поверхность журчала, как вода, и излучала мягкий голубой свет.

Эмили затаила дыхание. "Это прекрасно. Должно быть, это врата машины времени".

Комната наполнилась низким, резонирующим гулом, когда врата стабилизировались, как бы подтверждая их активацию.

Командир Харрис вышел вперед, его лицо было строгим, но решительным. "Мы должны быть абсолютно уверены в том, с чем имеем дело. Давайте проведем несколько тестов, прежде чем кто-то пройдет через врата".

Используя принесенное с собой оборудование, команда провела серию тестов врат. Они проанализировали уровень энергии, стабильность портала и условия окружающей среды на другой стороне.

Клаус и Эмили внимательно следили за показаниями. "Значения энергии постоянны", - сказал Клаус. "Все стабильно".

Софи кивнула. "Похоже, портал безопасен".

Первый шаг

После завершения первых испытаний перед командой встал важный вопрос. Кто первым пройдет через врата и откроет их потенциал? В комнате воцарилась тишина: все смотрели друг на друга и взвешивали риск и волнение от неизвестности.

"Я пойду", - сказал Иван, нарушив молчание. "Как пилот и врач, я справлюсь со всем, с чем мы столкнемся на той стороне".

Софи шагнула вперед, ее глаза встретились с глазами Ивана. "Я пойду с тобой", - сказала она, - "Мы можем сделать это вместе".

Командор Харрис кивнул, его уважение к ее храбрости было очевидным. "Мы будем прямо за вами", - сказал он. "Оставайтесь на постоянной связи."

Глубоко вздохнув, Иван и Софи ступили на платформу. Команда наблюдала за тем, как они приближаются к мерцающим вратам, их формы постепенно становились прозрачными, когда они проходили через портал. Ворота задрожали, затем стабилизировались, и остальные астронавты с тревогой ждали первого сообщения с другой стороны.

Внезапно произошла вспышка, и Софи и Иван вернулись к своим друзьям.

Командир Харрис спросил: "Что случилось?"

Эмили испуганно ответила: "Видимо, у нас просто отключили электричество".

Командир Харрис спросил: "С вами обоими все в порядке?"

Софи ответила твердым голосом: "Да, сэр! Мы в порядке".

Софи, которая является хорошим инженером, целенаправленно подошла к консоли: "Похоже, что-то не так с источником питания. Даже если принципы электричества на А'Каре работают иначе, чем у нас, мне нужно посмотреть, можно ли использовать что-то в качестве реле. Придется импровизировать".

Вмешался коммандер Харрис: "Нет, об этом не может быть и речи. Сначала нам нужно тщательно проработать решение. Только потом мы попробуем еще раз. На сегодня достаточно. Мы отключаемся. Сейчас мы отправимся в путь и вернемся в среду обитания".

Глава 21: Временной переход

Шепот пирамиды

На следующий сол пять астронавтов, находившихся в марсианской пирамиде, снова стояли перед воротами, и их сложные механизмы жужжали. Открытие портала для путешествий во времени поразило их всех. Древние иероглифы указывали на то, что это "Темпоральный проход", реликвия владения временем и пространством цивилизацией А'кара.

Командор Харрис, Эмили, Иван, Софи и Клаус обменялись неуверенными взглядами. Они были обеспокоены возможностями и опасностями такого устройства.

Командор Харрис заметил: "Мы зашли так далеко. Если А'кара воспользовались этим порталом, значит, на то есть причина. Мы должны понять их историю и выяснить ее".

Эмили кивнула: "Согласна. Но мы должны быть осторожны. Это не просто археологическая находка, это возможный ключ к пониманию Вселенной".

Иван потребовал: "Мы должны убедиться, что наши костюмы и устройства связи работают правильно. Если мы разделимся, нам нужен способ оставаться на связи". Кивнув в знак одобрения, команда в последний раз проверила свое снаряжение. В предвкушении они собрались в круг, готовые отправиться в неизвестность.

Софи предложила: "Мы должны поставить перед собой цель. В иероглифах упоминается важное событие в хронологии А'кара - Великая трансформация. Это может дать нам ответы".

Клаус сказал: "Я настрою интерфейс портала. Приготовьтесь".

Клаус подошел к панели управления, состоящей из ряда сенсорных глифов и кристаллических кнопок. Он расшифровал символы и ввел координаты искомого периода времени. Портал отозвался гулом, и мерцающее энергетическое поле превратилось в клубящийся вихрь света и тени.

Софи с тревогой сказала: "Теперь пути назад нет. Всем оставаться рядом".

Один за другим астронавты вошли в вихрь. Их охватило чувство невесомости, а затем головокружительное буйство красок и форм. Казалось, что их одновременно растягивают и сжимают, - сюрреалистическое путешествие сквозь ткань пространства и времени.

Водоворот вышвырнул их на твердую землю. Они немного пошатнулись, дезориентированные, но невредимые. Когда зрение прояснилось, они обнаружили, что находятся в оживленном, шумном городе - старом, но прогрессивном, полном жизни.

Великое преображение

В небо вздымались шпили кристаллических конструкций, их поверхности переливались замысловатыми узорами. Улицы под ними кишели жителями А'Кары, их изящные формы были облачены в струящиеся одеяния, которые тускло светились. В воздухе стоял гармоничный гул, энергия самого города резонировала с частотой жизни.

Эмили с благоговением проговорила: "Невероятно. Мы видим цивилизацию А'кара на пике ее развития".

Софи тоже была впечатлена и сказала: "Посмотрите на технологию. Она органично вписана в природу. Они достигли такого баланса, о котором мы можем только мечтать".

Пока они любовались окружающей природой, к ним подошла фигура а'кара. Высокое и элегантное, со спокойным выражением лица, это существо излучало ауру мудрости.

А'кара поприветствовал их: "Добро пожаловать, путники издалека. Я - Эрион, хранитель нашей истории. Вы ищете знания о великих переменах".

Командор Харрис вышел вперед, его голос был тверд. "Да, Эрион. Мы пришли из будущего, где остатки вашей цивилизации хранят великие тайны. Мы хотим понять ваш путь и выбор, который вы сделали."

Эрион кивнул и знаком приказал им следовать за ним. "Идемте. Я покажу вам решающие моменты, которые определили нашу судьбу".

Эрион повел их по городу, указывая на различные достопримечательности и объясняя их значение. Астронавты внимательно слушали и вникали в каждую деталь.

Они дошли до большой площади, где возвышалось колоссальное здание - смесь храма и лаборатории, пульсирующее энергией. Эрион остановился перед ним и повернулся к группе.

Эрион продолжил: - Это Нексус Непрерывности, где начался великий переход. Нашей планете угрожала энтропия, медленный, но неизбежный упадок. Наши величайшие мыслители собрались здесь, чтобы найти решение".

Эрион коснулся кристаллической панели, и конструкция ответила голографическим изображением. Перед ними пронеслись сцены дискуссий ученых и философов А'кара, неустанной работы и проверки различных теорий.

Эрион продолжил: "Мы открыли способ выйти за пределы наших физических форм и слить наше сознание с сущностью планеты. Это позволило нам осознать наши знания и существование за пределами наших тел".

Астронавты с трепетом наблюдали за голографическим изображением перехода А'кара. Они видели первоначальное сопротивление, споры о морали и идентичности и, в конце концов, консенсус, который привел к коллективному слиянию.

Иван был впечатлен: "Они были на грани вымирания и решили стать единым целым со своим миром. Это глубокое решение".

Софи: "И они оставили после себя цивилизацию, которая закодирована в структуре Марса. Их знания, их сущность - все это здесь".

Эрион продолжил, показывая последние моменты перед переходом. Граждане собрались на площади, на их лицах была смесь надежды и печали. Когда процесс начался, лучи света соединили каждого человека с Нексусом, их формы растворились в чистой энергии.

Когда голографический дисплей померк, Эрион с безмятежной улыбкой обратился к астронавтам. "Это наследие, которое мы оставили после себя. Наша сущность существует в гармонии с космосом, направляя и сохраняя баланс существования".

Командир Харрис оглядел свою команду, каждый из членов которой погрузился в раздумья. "Спасибо, Эрион. Ваша история - это подарок для нас и будущих поколений".

Эрион кивнул, и между ними промелькнул понимающий взгляд. "Твой путь только начался, путник. Да обретешь ты мудрость, чтобы использовать эти знания с умом".

Мудрость Эриона

Когда астронавты готовились к отлету, Эрион поделился с ними последней порцией мудрости, подчеркнув уроки, которые выходят за рамки времени и пространства:

1. Гармония с природой: А'кара достигли своей развитой цивилизации, живя в гармонии с окружающей средой. Эрион призвал астронавтов стремиться к балансу и устойчивости в своих начинаниях на Земле и за ее пределами.

Эрион предупредил: "Технологии не должны доминировать над природой, а сосуществовать с ней, чтобы способствовать красоте и равновесию мира".

2. Единство и коллективная мудрость: успех Великого перехода А'кара был основан на их способности объединиться, несмотря на свои различия, для достижения общей цели. Эрион подчеркивал важность единства и коллективной мудрости.

Эрион советовал: "Истинный прогресс достигается не за счет индивидуальной славы, а благодаря коллективным усилиям и общему пониманию".

3. адаптивность и стойкость: А'кара столкнулись с огромными проблемами и выбрали путь, который требовал от них адаптации и эволюции. Эрион подчеркнул необходимость адаптации и стойкости перед лицом невзгод.

Эрайон объяснил: "Перемены - единственная постоянная вещь. Принимайте их стойко и непредвзято, потому что они ведут к росту и новым возможностям".

4. Сохранение знаний: А'кара сохранили свое наследие, внедрив свои знания в структуру Марса. Эрион посоветовал астронавтам уделять первостепенное внимание сохранению и распространению знаний для будущих поколений.

Eryon empfahl:"Wissen ist der wahre Schatz einer jeden Zivilisation. Bewahrt es, gebt es weiter, und lehrt es denjenigen , die nach Ihnen kommen."

5. Сочувствие и сострадание: решение А'кара объединить свое сознание было основано на глубоком чувстве сопереживания и сострадания друг к другу. Эрион призвал астронавтов культивировать эти качества в своих взаимодействиях и решениях.

Эрион объяснил: "Сострадание и сочувствие - это основы справедливого и процветающего общества. Пусть они руководят вашими действиями и решениями".

Когда форма Эриона начала исчезать, команда ощутила глубокое чувство ответственности. Они не только раскрыли секреты древней цивилизации, но и получили вечную мудрость, которая будет служить руководством для будущего человечества.

Командир Харрис с благодарностью ответил: "Спасибо, Эрион. Мы будем нести ваши учения с собой и постараемся создать лучшее будущее для всех".

Последним жестом Эрион активировал портал. Астронавты вошли в вихрь, и яркий город с его веселыми жителями исчез в клубящемся свете.

Когда они вновь появились в своем времени в пирамиде, их встретила знакомая обстановка древнего строения. Путешествие во времени сильно изменило их, их сознание наполнилось новыми знаниями и более глубоким пониманием цивилизации А'кара.

Командир Харрис: "Мы видели их величие и их жертвы. Теперь нам предстоит чтить их наследие и продолжать исследования Марса и других миров".

Глава 22: Временной портал в историю человечества

Выравнивание

По мере того как марсианские сумерки становились все глубже, звезды выравнивались в соответствии с вырезанными на пирамиде знаками. Эмили попыталась расшифровать иероглифы.

"Иероглифы, - сказала она со смесью волнения и тревоги в голосе, - кодируют временные координаты. Мы можем выбрать любой момент времени в истории Земли".

Клаус, всегда осторожный ученый, нахмурился. "Но что, если мы изменим прошлое? Последствия..."

Софи прервала его, ее тон был твердым. "Мы будем наблюдателями. Временная шкала останется нетронутой".

Эмили подалась вперед и торжествующе засияла: "Так-так-так, Клаус! Неужели мы нашли пробел в твоем образовании? Неужели ты так ничего и не узнал о специальной теории относительности Альберта Эйнштейна и парадоксе дедушки?" Бросив взгляд на Клауса, она сказала: "Теперь я в тебе разочаровалась!"

Эмили продолжила, заметив неуверенный взгляд Клауса: "Парадокс дедушки - это гипотетический сценарий, который часто используется для иллюстрации возможных несоответствий и противоречий, которые влечет за собой путешествие во времени. Парадокс назван в честь простого, но глубокого мыслительного эксперимента: Представьте себе человека, назовем его "путешественником во времени", который отправляется в прошлое и убивает своего деда до того, как у него появятся дети. Этот поступок предотвратит существование одного из родителей путешественника во времени, а значит, и самого путешественника во времени. Однако если бы путешественник во времени никогда не существовал, он не мог бы отправиться в прошлое, чтобы совершить этот поступок. Это приводит к логическому несоответствию, поскольку путешественник во времени одновременно существует и не существует".

Клаус улыбнулся Эмили: "Ладно, я сдаюсь! Ты слишком умна для меня, Эмили".

Иван шагнул вперед, его взгляд был прикован к мерцающим воротам машины времени. "Мы потеряли Вэя совсем недавно, - сказал он, его голос был полон разочарования. "Больше мы никого не потеряем".

Софи кивнула. "Мы в долгу перед ней. Мы должны понять все возможности этой технологии".

Прыжок в прошлое

Команда образовала круг и взялась за руки, готовясь к следующему прыжку в неизвестность. Софи прошептала фразу активации - инопланетные слова открыли врата. Перед ними открылись картины прошлого Земли: древние цивилизации, войны, революции.

"Выбери событие, которое сформировало нас", - обратилась Софи к Эмили.

Эмили закрыла глаза и сосредоточилась на ключевом моменте в истории человечества - зарождении современной науки. "Галилей", - сказала она, ее голос был полон благоговения. "Флоренция, 1610 год".

Ее цель была ясна: стать свидетелем того момента, когда Галилео Галилей впервые направил свой телескоп на ночное небо, - момента, который навсегда изменит представление человечества о Вселенной. Пирамида запульсировала энергией, и они шагнули через портал.

Они материализовались в центре шумного города. Судя по архитектуре и одежде окружавших их людей, они прибыли во Флоренцию.

На узких мощеных улочках Флоренции царила оживленная жизнь. Торговцы предлагали свои товары на продажу, художники писали картины в открытых мастерских, а ученые спорили на пьяццах. В воздухе витал запах свежего хлеба и звон церковных колоколов.

"Это невероятно", - прошептала Эмили, ее глаза расширились от удивления. "Мы действительно совершили путешествие в прошлое".

Софи, уже подумывающая о том, чтобы впитать как можно больше информации, добавляет: "Мы должны быть осторожны. Наше присутствие здесь должно остаться незамеченным".

С наступлением сумерек они пошли через город, следуя по тропинке, которая приведет их к вилле Галилея.

Они вошли в залитый лунным светом сад, воздух которого был наполнен ароматом ночных цветов и далеким журчанием Арно.

Галилей стоял в саду, склонившись над телескопом, и пристально смотрел на звезды. Софи задохнулась от изумления.

"Отец современной астрономии", - прошептала она с ноткой благоговения в голосе.

Айвен усмехнулся, и напряжение, вызванное путешествием, немного ослабло. "И дальний родственник Со-фи, если не ошибаюсь".

Запретный разговор

Они наблюдали, как Галилей прослеживает луны Юпитера, и его лицо озарилось открытием. Четыре самые крупные луны (Ио, Эу-ропа, Ганимед и Каллисто) впоследствии были названы Галилеевыми в сго честь. Эмили не смогла подавить свое волнение, осторожно подошла к нему и первой заговорила.

"Галилео Галилей?" - тихо позвала она, чтобы не испугать его.

Старик обернулся и с любопытством нахмурил брови. "Кто это?" - спросил он по-итальянски, его голос был сильным, несмотря на возраст.

Галилей посмотрел на нее, его глаза были полны любопытства и подозрительности. "Ведьмы?" - спросил он осторожным голосом.

"Нет, - быстро вмешался Клаус. "Исследователи. Ученые, как вы".

Эмили шагнула вперед, на ее лице появилась теплая улыбка. "Меня зовут Эмили. Мы приехали из далеких краев и проделали долгий путь, чтобы встретиться с вами". Глаза Галилея слегка сузились, когда он внимательно осмотрел группу странно одетых людей, стоявших перед ним. "Вы не здешние", - заметил он. "Ваша одежда... странная. Кто вы на самом деле?"

Командор Харрис вышел вперед, выражение его лица было почтительным, но решительным. "Мы исследователи, такие же ученые, как и вы. Мы прибыли, чтобы учиться у вас и, возможно, передать кое-что из наших собственных знаний".

Любопытство Галилея разгорелось. Он попросил их подойти ближе, подальше от телескопа. "Хорошо, - сказал он, - но вы должны объяснить больше, потому что ваше присутствие здесь очень необычно".

Когда они собрались вокруг небольшого деревянного стола, украшенного звездными картами и записями, Галилей увлеченно рассказывал о своих недавних открытиях. "Я наблюдал за небом в свой телескоп, - начал он, его глаза сияли от нетерпения.

"Сегодня ночью я сделал необычное наблюдение - луны
Юпитера".

Софи наклонилась вперед, ее глаза расширились от удивления.
"Луны Юпитера? Вы видели, как они движутся?"

Галилей кивнул, на его лице расплылась торжествующая улыбка.
"Да, видел. Я проследил их движение и отметил их положение.
Они вращаются вокруг Юпитера так же, как наша луна
вращается вокруг Земли. Это, я полагаю, является
доказательством того, что не все небесные тела вращаются
вокруг Земли".

Эмили не могла подавить свое волнение. "Ваше открытие - революционное, Галилей. Оно изменит представление человечества о космосе".

Галилей выглядел очарованным. "Вы говорите так, будто знаете, что ждет нас в будущем. Как это возможно?"

Иван, всегда осторожный, вмешался. "У нас есть знания, полученные в более позднее время, чем ваше. Своей работой вы закладываете основы для будущих астрономов и ученых. Вы - первопроходец".

Глаза Галилея расширились от недоверия и изумления. "Вы хотите сказать... Меня будут помнить? Моя работа будет жить?"

Командор Харрис кивнул. "Действительно, ваше имя признают и уважают на протяжении веков. Ваше мужество бросить вызов устоявшимся представлениям вдохновило бесчисленное множество других".

Клаус, ученый из группы, наклонился вперед. "Галилей, ваши наблюдения подтверждают гелиоцентрическую модель Коперника, не так ли?"

Выражение лица Галилея стало серьезным. "Да, но это опасное убеждение, которого мы придерживаемся. Церковь решительно отвергает подобные идеи. Она настаивает на том, что Земля является центром Вселенной".

Софи говорит тихо, но твердо. "Иногда правду нужно защищать даже с большим риском для себя. Ваша работа слишком важна, чтобы ее замалчивать".

Галилей вздохнул, в его глазах отразилась смесь решимости и покорности. "Я знаю это, но последствия противостояния Церкви весьма серьезны. Я должен действовать осторожно".

Эмили протянула руку и положила ее на руку Галилея. "Мы понимаем, какой опасности ты подвергаешься. Мы хотим, чтобы вы знали, что вы не одиноки. Ваши открытия со временем займут достойное место в истории".

Галилей кивнул, и между ним и астронавтами возникло чувство солидарности. "Спасибо вам, друзья мои. Ваши слова придают мне сил. Я продолжу свою работу, чего бы мне это ни стоило".

Софи наклонилась к нему ближе. "Галилео, ваше мужество перед лицом испытаний вдохновляет. Где вы находите силы продолжать свою работу, даже зная о риске?"

Галилей мягко улыбнулся, в его глазах появился блеск решимости. "Стремление к истине - благородное занятие. Я всегда считал, что понимание Вселенной - это способ воздать должное Создателю. Как мы можем не стремиться познать красоту его творения?"

Клаус кивнул и добавил: "В наше время многие ученые сталкиваются с подобными проблемами. Стремление к знаниям часто идет вразрез с устоявшимися представлениями. Но ваш пример показывает, что прогресс стоит борьбы".

Выражение лица Галилея смягчилось от благодарности. "Отрадно сознавать, что будущие поколения продолжат этот поиск. Скажите, какие чудеса вы открыли?"

Айвен осторожно ответил: "Мы исследовали нашу собственную планету и отправили машины и людей в другие миры. Мы видели луны, планеты и даже звезды вблизи. Ваша работа заложила основу для этих достижений".

Галилей слушал, расширив глаза от удивления и неверия. "Скажите мне, - сказал он, - что находится за пределами звезд?"

Эмили заколебалась, понимая, что им необходимо сохранить хрупкое равновесие. "Вселенная полна чудес", - осторожно ответила она. "Но некоторые тайны лучше пока оставить неразгаданными".

Глаза Галилея расширились в благоговении. "Путешествие среди звезд... Я часто думал об этом. Ваши слова наполняют меня надеждой на то, что еще впереди".

Эмили, почувствовав глубокую связь, сказала: "Ваше наследие огромно, Галилей. Твои открытия лун Юпитера приведут к лучшему пониманию нашего места в космосе. Ты показал нам, что стремление к знаниям - это путь, который стоит пройти".

Когда ночь стала глубокой, астронавты поняли, что пора уходить. Они поделились своими знаниями и ободрились, но остаться не могли. Галилео проводил их до места, где они впервые появились на свет.

"Береги себя, Галилей, - сказала Софи голосом, полным восхищения. "Мир нуждается в твоем блеске".

"И помни, - добавила Эмили, - звезды, которые ты изучаешь, однажды будут исследованы теми, кто основывается на твоих выводах".

Когда команда готовилась к возвращению в пирамиду, Эмили задержалась, ее сердце было тяжело от невысказанных слов. Она подошла ближе к Галилео, ее голос был мягким и серьезным.

"Галилео, - прошептала она, - продолжай смотреть вверх. Твоя работа изменит мир".

Он кивнул, в его глазах мелькнуло понимание и вдохновение, хотя он не мог до конца осознать смысл ее слов.

Кивнув напоследок, Галилей наблюдал за тем, как астронавты активировали свое устройство, и, когда они исчезли из его времени, воздух наполнился низким гулом. Когда он вернулся к своему телескопу, сердце Галилея наполнилось новой решимостью и надеждой. Теперь он знал, что его работа выдержит испытание временем и проложит путь для будущих поколений.

Вернувшись на Марс, команда оказалась в знакомой обстановке пирамиды. Они снова взялись за руки, и этот опыт соединил их по-новому и глубоко.

Эмили тщательно документировала свою встречу с Галилеем, ее записи были пропитаны удивлением и вдохновением ученого эпохи Возрождения. Клаус и Эмили нашли утешение в общих воспоминаниях, и их связь укрепилась благодаря испытаниям, с которыми они столкнулись вместе.

Пирамида прошептала ей: "Время - это река. Мы - ее волны".

Астронавты стали хрононавтами, пробираясь сквозь ткань времени. Их путешествие только началось, каждый шаг - это рябь на огромной реке бытия, несущей мудрость и наследие

Земли и Марса. Это путешествие в прошлое к Галилею оставило настолько сильное впечатление, что астронавты уже планировали еще один визит к этой важной фигуре в истории. Для этого они выбрали значимое событие, которое также вошло в учебники истории.

Глава 23: Суд над Галилеем (1633)

Прибытие в Рим

Ворота машины времени в марсианской пирамиде мерцали и пульсировали, когда команда готовилась к следующему путешествию во времени. Они выбрали еще один решающий момент в истории науки: Суд над Галилео Галилеем перед инквизицией в 1633 г. Когда звезды снова сошлись, портал открылся, чтобы показать блики света и гулкие залы римских инквизиционных палат.

Команда материализовалась в тенистом углу комнаты, невидимая для собравшихся чиновников и зрителей. Комната резко контрастировала с марсианской пирамидой и была наполнена тяжестью истории и гнетущей атмосферой страха и власти. В центре стоял Галилей, его лицо было изрезано возрастом и беспокойством, а некогда яркие глаза затуманены перспективой осуждения.

Софи шагнула вперед, ее решимость закалила нервы. "Мы не можем вмешаться напрямую, - прошептала она команде, - но мы можем оказать Галилею моральную поддержку и привести аргументы, в которых он нуждается". Эмили кивнула, ее страсть к науке пылала ярче, чем когда-либо. "Мы должны привести их в чувство, чтобы они поняли истинность гелиоцентризма".

Клаус, квинтэссенция прагматизма, молчал, но наблюдал за происходящим, разрываясь между желанием сохранить историю и стремлением к истине.

Суд начался с того, что инквизиторы зачитали обвинения против Галилея: ересь и неповиновение, поскольку он отстаивал гелиоцентрическую

трическую модель Вселенной. По залу пронесся ропот неодобрения и страха со стороны собравшейся толпы.

Галилей стоял один, одинокая фигура, противостоящая власти церкви. Но Софи, Эмили и Клаус, наблюдая за происходящим, понимали, что должны найти способ поддержать его.

Помощь Софи

Софи подошла ближе, ее присутствие было незримым, но в ее голосе звучала убежденность. "Галилей, - прошептала она, - ты должен стоять твердо. Мы с тобой".

Галилей, хотя и не знал источника этого голоса, казалось, черпал в нем силы. Он поднял голову, его голос был тверд. "Я просто искал истину", - объяснил он. "Наблюдения, которые я сделал с помощью своего телескопа, подтверждают гелиоцентрическую модель, предложенную Коперником".

Инквизиторы беспокойно зашевелились. Один из них, пожилой мужчина с суровым лицом, казалось, покачнулся.

Клаус наблюдал за происходящим. Он осознавал опасность вмешательства в прошлое, но в то же время видел возможность склонить умы к истине и разуму. Он следил за языком тела инквизиторов, ища признаки сомнения или готовности к убеждению.

Пока споры продолжались, Клаус увидел возможность. Он подошел ближе к инквизитору, который начал колебаться. "Ты знаешь, что это правда", - прошептал он ему на ухо, используя свое знание человеческой психологии. "Науку нельзя заставить замолчать".

Поворотный момент

Инквизитор огляделся вокруг, его лицо было встревожено, он

никого не видел, неужели совесть шепнула ему?
"Галилей, - сказал он мягким голосом, - ты сделал замечательные наблюдения, но Церковь не может терпеть учения, противоречащие Священному Писанию". Выражение лица Галилея помрачнело, но Софи, почувствовав момент слабости, заговорила снова. "Попросите их посмотреть в телескоп, - попросила она.

Галилей кивнул, в его глазах смешались отчаяние и надежда. "Все, о чем я прошу, - это чтобы вы сами посмотрели в телескоп, - сказал он. "Увидеть то, что видел я".

С неохотой инквизиторы согласились. В камеру внесли телескоп, и один за другим они смотрели в него, выражение их лиц менялось от скептицизма до изумления. Луны Юпитера, фазы Венеры - они не могли отрицать доказательств, которые предстали перед их глазами.

Судебное решение

После напряженного молчания слово взял главный инквизитор. "Галилей, ваши открытия замечательны. Но Римско-католическая церковь должна сохранить свой авторитет. Вы можете продолжать свою работу, но только в частном порядке, не афишируя свои выводы".

Галилей кивнул, на его лице смешались облегчение и разочарование. Это была не полная победа, но шаг к окончательному принятию гелиоцентризма. На самом деле, только в 1822 году Конгрегация Священной канцелярии (Инквизиция) официально разрешила публикацию книг, в которых гелиоцентризм рассматривался как физический факт, а не просто как гипотеза. За этим последовал официальный декрет, изданный папой Пием VII в 1820 году, который был опубликован в 1822 году. Только в 1992 году папа Иоанн Павел II официально признал ошибку церкви в осуждении Галилея. Этот акт был частью более широкой инициативы по примирению католической церкви с современной наукой.

Возвращение на Марс

Когда эксперимент был завершен, команда почувствовала тягу к Вратам Пирамиды. Они сделали все, что могли, не слишком изменив ход истории. Они вернулись в пор-тал, и комната растворилась в знакомом гуле марсианской пирамиды.

Вернувшись на Марс, команда стояла в тишине, переваривая впечатления от своего путешествия. Эмили испытывала глубокое чувство удовлетворения, осознавая, что поддержала одного из величайших умов в истории. Софи и Клаус обменялись взглядами, выражающими взаимное уважение и понимание.

"Мы сделали все, что могли", - тихо сказал Иван. "Мы помогли ему отстоять свои убеждения".

"И со временем, - добавила Софи, - правда восторжествует".

Глава 24: Встреча с легендарным Робин Гудом (XII век)

Астронавты были впечатлены возможностью путешествовать во времени и планировали сделать еще больше, чтобы расширить свой кругозор.

Эмили, назначенная их историком и гидом, захотела посетить свою родину. Еще в школе она увлекалась приключениями Робин Гуда.

Робин Гуд наиболее известен благодаря:
1) Он - легендарный герой-разбойник, который "крадет у богатых и раздает бедным".
   крадет у богатых и раздает бедным".
2) Спасение горничной Мэриан, своей романтической любви, дворянки. дворянка, которая оказывается втянутой в конфликт между Робин Гудом и его противниками, в частности шерифом Ноттингемским. становится участницей.
3) Стрела выпускается, чтобы расколоть другую стрелу, которая уже застряла в мишени. Это необычное
   Это необычное проявление мастерства стрельбы из лука известно как "расщепление стрелы" или "выстрел Робин Гуда".

Команда согласилась отправиться за Эмили в средневековую Англию. С чувством предвкушения астронавты готовились к встрече с легендарной разбойницей. Каждый из них имел при себе незаметное записывающее устройство, спрятанное в одежде, чтобы задокументировать встречу, не изменяя ход истории. Изменение хода истории.

Софи ввела временные координаты в панель управления шлюзом и с тихим жужжанием активировала древнюю технологию. Шлюз замерцал, открывая вид на средневековую Англию. С общей целью они шагнули во временной вихрь, готовые отправиться в путешествие в Ноттингем.

"Давайте подойдем к этой встрече с осторожностью и уважением", - предупредил коммандер Харрис, в его голосе чувствовалась вся тяжесть ее миссии.

Ноттингем и спасение девы Мэриан

Астронавты материализовались в тускло освещенном переулке шумного города Ноттингема. Мощеные улицы были наполнены звуками торговцев, продающих свои товары, разговорами горожан и лязгом доспехов стражников шерифа. Запах свежеиспеченного хлеба смешивался с земляным ароматом близлежащего леса.

Софи взволнованно воскликнула: "Это невероятно! Мы действительно здесь, в средневековой Англии".

Командир Харрис предупредил свою группу: "Будьте бдительны, люди. Мы не знаем, что или кого мы можем здесь встретить".

Командир Харрис осмотрел окрестности. Он продолжил: "Мы должны найти горничную Мэриан. Согласно легенде, ее держат в замке шерифа".

"Давайте собирать информацию незаметно", - предложила Эмили. "Мы не хотим привлекать к себе внимание".

Пока они шли по многолюдной рыночной площади, до них дошли слухи о скорой казни горничной Мэриан. Шериф Ноттингема обвинил ее в помощи Робин Гуду и хотел сделать из нее пример.

План

"У нас мало времени", - срочно сказала Софи. "Нам нужен план, как проникнуть в замок и освободить ее".

"Я могу использовать маскировочный браслет, чтобы разведать местность и определить их точное местоположение", - предложил Клаус.

"Мы с Софи возьмем плазменный скипетр", - сказал Иван. "Мы позаботимся об охранниках".

"Я останусь с Софи и Эмили", - сказал коммандер Харрис. "Мы используем медицинский персонал, чтобы обеспечить безопасный побег Мэриан".

Клаус надел маскировочный браслет и мгновенно превратился в едва уловимое мерцание. Он быстро двинулся к замку и незаметно проскользнул мимо стражников.

Проникновение в замок

Внутри замка Клаус пробирался по темным коридорам, стараясь избегать патрулирующих стражников. Он нашел горничную Мэриан в маленькой, тускло освещенной камере. Она была прикована к стене, ее лицо было бледным, но решительным.

Клаус отключил маскировочное устройство и шагнул к ней. "Мы здесь, чтобы помочь", - прошептал он.

Глаза девы Мэриан расширились от удивления. "Кто вы?"

Горничная Мэриан имела определенное сходство с Эмили, и Клаус подумал, что эти две женщины могут быть родственницами, хотя время не позволяло этого сделать. Но кто знает? Биолог Клаус испытывал искушение провести анализ ДНК горничной Мэриан, чтобы доказать генетическое происхождение Эмили от горничной Мэриан.

"Друг", - ответил Клаус, используя браслет, чтобы снова стать невидимым. "Я вернусь с помощью".

Спасательная операция

За пределами замка команда ждала в тени. Клаус снова появился и сообщил им о местонахождении девы Мэриан.

"Софи, Иван, снимите стражу у входа", - приказал командир Харрису. "Эмили и Софи, следуйте за мной".

Софи перевела плазменный скипетр в режим оглушения. Точными выстрелами они с Иваном расправились с охранниками у входа, освободив дорогу остальным. Они быстро продвигались по замку, используя маскировочный браслет, чтобы избежать обнаружения. Они добрались до подземелья без происшествий. Софи и Эмили воспользовались браслетом, чтобы обойти стражу и открыть камеру горничной Мэриан. С помощью волшебной палочки коммандер Харрис залечил раны горничной Мэриан, и она сразу же восстановила силы.

"Нам нужно спешить", - сказала горничная Мэриан. "Люди Шерифа будут здесь с минуты на минуту".

Битва

Когда они возвращались к входу в замок, была поднята тревога. Стражники высыпали в коридоры, держа наготове оружие. Командир Харрис переключил плазменный скипетр в режим горения и расчистил путь контролируемыми очередями. Иван и Клаус вступили в рукопашную схватку, а Софи и Эмили использовали маскировочный браслет, чтобы создавать путаницу, появляться и исчезать, наносить удары из тени.

Несмотря на неблагоприятные условия, их передовые технологии и командная работа одержали верх. Охранники были быстро перебиты, что позволило группе вырваться из замка и скрыться в городе.

Встреча с братом Туком

В хаосе они наткнулись на пухлого лысого мужчину в монашеском одеянии - брата Тука. У него было дружелюбное, безмятежное выражение лица, а на шее он носил деревянный крест.

Брат Тук заметил астронавтов и обратился к ним: "Ну, кто у нас тут? Похоже, путешественники издалека".

Эмили шагнула вперед и ответила: "Приветствую вас. Мы действительно рей-сенды, хотя наше путешествие весьма необычно. Меня зовут Эмили, а это мои спутники: командор Харрис, Иван, Софи и Клаус".

Брат Тук прокомментировал это с блеском в глазах: "Нетрадиционное, говорите? Вы не похожи ни на одного путешественника, которого я когда-либо видел. Ваше одеяние очень необычно. Вы какие-то рыцари в этих странных доспехах и шлемах?"

Клаус: "В нашем мире рыцари называются "астронавтами", а наши доспехи и шлемы называются

доспехи и шлемы называются "скафандрами". Мы прибыли из места, которое находится далеко отсюда, как во времени, так и в пространстве. Мы не желаем зла и стремимся лишь к знаниям и пониманию. И сейчас нам нужно безопасное убежище для этой леди". Клаус вывел вперед служанку Мэриан, которую до этого прятал за своей массивной фигурой.

Узнав служанку Мэриан и увидев незнакомцев, помогающих ей, монах Тук быстро присоединился к их группе.

Брат Тук кивнул и сказал: "А, искатели знаний. Благородное занятие. Вы, должно быть, устали от своих странствий. Пойдемте, мы дадим вам отдохнуть и поесть. Я отведу вас к моим друзьям. Им будет очень интересно познакомиться с тобой".

"Идите за мной", - призвал он и повел их по лабиринтам улиц к скрытой тропинке, ведущей в Шервудский лес.

Под пологом древних деревьев атмосфера сменилась с напряженной срочности на осторожное облегчение. Брат Тук, чувствуя себя более расслабленным, обратился к деве Мэриан. "Робин будет рад видеть вас в безопасности, миледи. А кто могут быть ваши друзья?"

Встреча с легендой: Робин Гуд и его веселые Компаньоны в Шервудском лесу

"Добро пожаловать в Шервудский лес, - прошептала Эмили и опустила глаза.

окинула взглядом зеленый пейзаж. "Это царство Робин Гуда и его шайки веселых ребят".

Воздух был прохладным и наполненным ароматом сосен и влажной земли. Вдалеке щебетали птицы, а шелест листьев свидетельствовал о присутствии диких животных. Астронавты, по-прежнему одетые в скафандры, но с открытыми козырьками, с благоговением смотрели на окружающую их пышную зелень.

Астронавты шли за братом Туком через лес и удивлялись красоте окружающей природы. Деревья были высокими и древними, а их листья образовывали плотный полог над ними. Пройдя немного, они достигли скрытого лагеря, в котором кипела бурная деятельность. Вокруг бродили мужчины и женщины в деревенской одежде: одни занимались хозяйством, другие упражнялись в стрельбе из лука или сражались на деревянных мечах.

Брат Тук подошел к человеку в капюшоне с колчаном, полным стрел, и луком. Неужели это и есть та самая легендарная и желанная фигура из легенд, причина их путешествия во времени? Его размеры впечатляли по меркам того времени.

Высокая фигура с уверенной поступью вышла вперед, лук был перекинут через плечо. Он обратился к брату Туку с вопросом: "Тук, кто эти чужаки, которых ты привел в наш лагерь?"

Брат Тук усмехнулся и ответил: "Робин, это путешественники из далекой страны. В их мире рыцарей называют "астронавтами", а их доспехи и шлемы - "скафандрами". Их история чрезвычайно увлекательна, и я подумал, что ты захочешь ее услышать. А еще они спасли горничную Мэриан из злых лап шерифа

Глаза Робина внимательно осмотрели новоприбывших. "Мэриан, - сказал он с улыбкой. "С возвращением. Кто эти отважные души?"

"Робин, это наши новые союзники", - сказала горничная Мэриан. "Они называют себя астронавтами, что бы это ни значило. Но у них есть способности и инструменты, которых я никогда раньше не видела. Они помогли мне сбежать".

Робин Гуд изучил астронавтов и сказал: "Добро пожаловать в Шервудский лес. Я - Робин Гуд, а это мои Веселые Компаньоны. Мы выступаем против тирании и боремся за справедливость. Любой, кто помогает моей леди, - мой друг". Робин Гуд протянул руку командиру Харрису.

"Робин Гуд, - начал командир Харрис, его голос был полон уважения, - мы путешествовали во времени, чтобы найти твою мудрость и руководство. Ваша храбрость и щедрость вдохновляли многие поколения, и для нас большая честь встретиться с вами снова". Робин Гуд смотрел на них со смесью любопытства и скептицизма, его острые глаза внимательно изучали каждого члена группы.

"Что здесь делают путешественники из дальних стран?" - спросил он с ноткой подозрительности в голосе. "А, так вы путешественники в поисках мудрости, не так ли? И чему же вы надеетесь научиться у такого разбойника, как я?"

Эмили шагнула вперед, ее взгляд был твердым и решительным. "Мы хотим понять принципы справедливости и равенства, которые вы отстаиваете, - объяснила она, - Вы бросили вызов угнетающим силам Тай-раннери и несправедливости, и мы надеемся научиться на вашем примере".

Эмили, с ее безупречным английским акцентом, могла бы прекрасно вписаться в коллектив здешних жителей, даже если бы их разделяли сотни лет.

Робин Гуд сказал: "Вы так похожи на Мэриан. Вы сестры-близнецы?" Клаус улыбнулся, увидев подтверждение своего впечатления от первой встречи с девой Мэриан.

Эмили ответила с блеском в глазах: "Ты мне льстишь, Робин! Но это не так".

Робин Гуд продолжил: "Очень хорошо. Справедливость и равенство, говорите? Это действительно благородные идеалы, но достичь их нелегко. Путь к справедливости чреват опасностями и неопределенностью. Готовы ли вы пройти этот путь?"

Иван: "Готовы, Робин Гуд. Мы верим, что справедливость стоит того, чтобы бороться за нее, даже несмотря на невзгоды".

Робин Гуд: "Вы говорите как настоящие воины, друзья мои. Но помните, что путь к справедливости не всегда ясен. Иногда нам приходится делать трудный выбор и идти на жертвы ради высшего блага".

Теперь заговорила и Софи: "Мы понимаем, Робин Гуд. Мы готовы к предстоящим испытаниям в нашем стремлении к справедливости".

Робин Гуд некоторое время смотрел на нее, а затем кивнул в знак признательности. "Очень хорошо", - сказал он, его тон смягчился. "Друзья мои, присядьте с нами, и я расскажу вам истории о доблести и героизме".

Робин Гуд представил путешественникам своих Веселых Компаньонов: "Добро пожаловать, друзья. Вы проделали долгий путь, чтобы добраться до нас, и для меня большая честь провести с вами эту ночь. Позвольте представить вам моих спутников: Малыш Джон, моя надежная правая рука; брат Тук, наш духовный наставник, которого вы уже знаете; Уилл Скарлетт, быстроногий; и Алан-а-Дейл, менестрель с голосом, сладким как мед".

Астронавты почувствовали глубокую связь с этим легендарным героем и его бандой разбойников - Веселыми Компаньонами. Они преодолели время и пространство, чтобы встать рядом с легендарным Робин Гудом, объединившись в борьбе за справедливость и свободу.

Командир Харрис: "Мы слышали о ваших легендарных деяниях и хотели бы перенять ваш опыт".

Маленький Джон вышел вперед: "И какие же истории вы можете рассказать, путешественники? Вы, должно быть, многое повидали в своих странствиях. "

Иван вмешался: "Действительно, видели. Мы прибыли из далекого будущего, где мир совсем другой. Мы столкнулись со многими проблемами и выучили много уроков, но нам еще многое предстоит узнать".

Уилл Скарлетт улыбнулся: "Тогда вы пришли по адресу. Мы можем многому научить друг друга. Пойдемте, сядем у костра и расскажем наши истории".

Путешественники собрались у костра, их лица освещало мерцающее пламя. Робин Гуд сел на поваленный ствол дерева.

Робин Гуд начал говорить: "Слушайте внимательно, друзья мои, ибо я расскажу вам о несправедливости, которая слишком долго терзала нашу землю, и о храбрых душах, которые осмелились выступить против нее..."

И вот под пологом Шервудского леса Робин Гуд поведал путникам истории о дерзких побегах, отважных поступках и самоотверженном героизме. В течение вечера они внимательно слушали и удивлялись легендарному разбойнику и его шайке весельчаков.

Важность стрельбы из лука

Робин Гуд объяснял: "Стрельба из лука, друзья мои, - это не просто стрельба из лука. Это символ - символ мастерства, точности и дисциплины. Это ремесло, которое требует как физической силы, так и ясного ума".

Эмили спросила: "Но что значит стрельба из лука помимо физических аспектов, Робин Гуд? Какой более глубокий смысл она имеет?"

Робин Гуд ответил: "Мудрый вопрос, моя дорогая. Стрельба из лука - это не просто средство охоты или ведения войны. Это метафора самой жизни".

Иван вмешался: "Как же так, Робин Гуд? Я не вижу никакой связи между стрельбой из лука и сложностью жизни".

Робин Гуд попытался объяснить: "Подумай об этом, Иван. Когда ты натягиваешь тетиву, ты должен держать свой ум сосредоточенным, а руку - твердой. Он должен согласовать свой прицел с намерением и выпустить стрелу целеустремленно и уверенно. В этот момент нет места сомнениям или колебаниям. Есть только стрела, безошибочно летящая к своей цели".

Софи сделала вывод: "Значит, стрельба из лука - это метафора того, что нужно оставаться собранным и решительным перед лицом трудностей?"

Робин Гуд кивнул: "Именно так, Софи. Как и в стрельбе из лука, в жизни мы часто сталкиваемся с препятствиями и трудностями, которые грозят сбить нас с курса. Но если мы останемся тверды в своей цели, если не потеряем ее из виду, то сможем преодолеть даже самые большие трудности".

Клаус спросил со скептическим выражением лица: "А как же сама стрела? Что она символизирует?"

Робин Гуд ответил: "Стрела, мой друг, это символ надежды - маяк во тьме. Она символизирует наши мечты, наши устремления и наше неустанное стремление к лучшему будущему. С каждым выстрелом мы приближаемся к цели, и наши надежды поднимаются все выше и выше, как стрелы в полете".

Клаус обратился к своим коллегам-астронавтам: "Жаль, что Вэй не может принять участие в этой дискуссии, ведь она могла бы привнести свои навыки стрельбы из лука вместе со своим образованием в дзен-буддизме".

Выражение лица Эмили могло бы убить Клауса. Как он мог снова упомянуть Вэй? Она задалась вопросом: неужели Вэй по-прежнему вызывает в его мыслях любовь и привязанность? Но этого все равно было недостаточно. Эмили поняла, что ей придется заставить Клауса дать ей четкие обязательства, когда представится возможность.

Астронавты и Веселые Компаньоны разделили момент товарищества, их настроение поднялось благодаря обмену идеями и общей приверженности справедливости. Костер горит тускло, а звезды над Шервудским лесом ярко мерцают, свидетельствуя об этой необычной встрече.

Эмили снова затронула тему стрельбы из лука: "Робин Гуд объяснил нам глубокий смысл стрельбы из лука. Нам интересно узнать больше о вашей философии и о том, как она может помочь нам в нашем собственном путешествии". Задавая этот вопрос, Эмили подумала и пожелала, чтобы Клаус понял, что она может задавать не менее проницательные вопросы о философии стрельбы из лука. Вей для этого не нужен.

Уилл Скарлетт взял разговор в свои руки: "Стрельба из лука - действительно благородное искусство, но это лишь один из аспектов нашего образа жизни. Здесь, в Шервуде, можно научиться гораздо большему".

Алан-а-Дейл вмешался: "Позвольте мне спеть песню, рассказывающую о нашей борьбе и победах. Музыка способна передать истины, которые невозможно выразить словами".

Алан-а-Дейл заиграл на своей лютне и начал петь балладу о подвигах Веселых людей, их сражениях с шерифом Ноттингема и их непоколебимой преданности людям.

Мотивация к действию

Иван, который сам является музыкантом, сказал: "Это было прекрасно, Алан. Ваша музыка действительно передает дух вашего дела. Но мне любопытно - что побуждает вас обоих бороться за справедливость? Что побуждает вас идти на такой большой риск, Робин Гуд? "

Глаза Робин Гуда смягчились от ностальгии. Он глубоко вздохнул, когда его мысли вернулись к далеким землям и старым сражениям.

"Моя история началась задолго до того, как я стал разбойником, - начал он спокойным, задумчивым голосом. "Я родился Робертом из Локсли, простым человеком, живущим безбедной жизнью. Но мой мир изменился, когда я присоединился к королю Ричарду Львиное Сердце в Третьем крестовом походе. Я был молод и жаден, полон идеалов славы и чести".

Он сделал паузу, и свет костра отбросил тени на его побитое непогодой лицо. "Крестовые походы были жестоким делом. Я видел вещи, которые преследовали бы любого человека: осажденные города, потерянные жизни и постоянную борьбу с врагом, который был таким же человеком, как и мы. Именно в этих суровых пустынях и на кровавых полях сражений я приобрел свои навыки стрельбы из лука и ведения боя. Но что еще важнее, именно там я узнал истинную цену войны".

Эмили наклонилась вперед, ее глаза расширились от восхищения. "А как же король Ричард?"

Робин Гуд ласково улыбнулся. "Ричард был королем-воином, до мозга костей. Он был яростным в бою и настоящим львом в душе. Но он также был справедливым и честным, правителем, который внушал верность и храбрость. Мы сражались во многих битвах вместе, бок о бок. Между нами было взаимное уважение, связь, выкованная в огне войны.

Клаус, которому всегда было интересно узнать о личных отношениях, спросил: "Как эти отношения сделали тебя тем, кем ты являешься сегодня?"

Выражение лица Робин Гуда стало мрачным. "Когда мы вернулись в Англию, наша родина была в смятении. Ричарда схватили на обратном пути, и пока он сидел в тюрьме, его брат Джон захватил власть и правил с тиранией и жадностью. Англия, в которую я вернулся, уже не была той Англией, которую я покинул. Люди страдали, их облагали непосильными налогами, а правосудие было большой редкостью".

Он сжал кулак, в его напряженном взгляде отразился огонь. "В тот момент я понял свое истинное призвание. Я больше не мог стоять в стороне и смотреть, как страдает мой народ. Я ушел в лес и собрал вокруг себя единомышленников - мужчин и женщин. Да, мы стали вне закона, но вне закона с определенной целью - защищать слабых, бороться с несправедливостью и напоминать сильным мира сего, что они не могут уклоняться от своих обязанностей".

Софи кивнула, глубоко тронутая его рассказом. "Значит, время, проведенное с Ричардом, и опыт крестоносца сформировали ваше чувство справедливости?"

Робин Гуд кивнул. "Да, это так. Крестовые походы научили меня ценить каждую жизнь, бороться за то, что правильно, и укреплять единство. Отношения с Ричардом научили меня качествам истинного лидера и тому влиянию, которое может оказать праведный правитель. Когда я сражаюсь сейчас, я делаю это в надежде, что однажды справедливость восторжествует и в Англии снова воцарится мир".

Иван, вдохновленный историей Робин Гуда, спросил: "Что бы вы посоветовали нам, пришедшим из другого времени и желающим изменить жизнь к лучшему?"

Робин Гуд посмотрел на каждого из них, его глаза были полны мудрости и решимости. "Стойте за правое дело, даже если это трудно. Используйте свои навыки и знания, чтобы защитить тех, кто не может защитить себя сам. И помните, что истинное лидерство заключается не во власти, а в служении другим. Сражайтесь с честью и никогда не теряйте из виду свои принципы". Для меня это любовь к людям. Когда я вижу их страдания и знаю, что в моих силах изменить ситуацию, это заставляет меня действовать. С тиранией богатых и сильных нужно бороться, и я сделаю все возможное, чтобы защитить невинных".

Маленький Джон добавил: "Я сражаюсь за верность и братство. Мы с Робином прошли вместе через множество битв, и наша связь нерушима. Наше дело справедливо, и наше единство придает нам силы".

Брат Тук сказал: "Для меня это вопрос веры. Я верю в высшую силу, которая призывает нас бороться с несправедливостью. Учения нашей веры заставляют нас проявлять сострадание и защищать угнетенных".

Уилл Скарлетт объясняет: "Скорость и ловкость - мои сильные стороны, и я использую их, чтобы перехитрить наших врагов. Но моя мотивация проистекает из глубокого чувства справедливости. Я не могу безучастно наблюдать за тем, как эксплуатируют и издеваются над бедными".

Алан-а-Дейл добавляет к обсуждению: "Моя музыка - это мое оружие. Своим пением я вселяю надежду и мужество в наших камрадов. Я сражаюсь за радость видеть, как наши люди поднимаются над своей борьбой и возвращают себе свое достоинство". Обращаясь к Робин Гуду, Клаус сказал: "Ваши слова и поступки действительно вдохновляют. Мы живем в мире, где праведность часто затмевается жадностью и коррупцией. Что бы вы посоветовали нам, чтобы преодолеть эти трудности?"

Робин Гуд посоветовал: "Оставайтесь верными своим принципам, чего бы это ни стоило. Путь праведности нелегок, но это единственный путь, который стоит пройти. Будьте мужественны, непоколебимы и никогда не теряйте из виду свою цель".

Брат Тук добавил: "И помните, что силу нужно искать в единстве. В одиночку мы уязвимы, но вместе мы сильны. Окружайте себя союзниками, которые разделяют ваше видение и ценности".

Эмили: "Спасибо, Робин, и спасибо всем вам. Ваша мудрость будет направлять нас, когда мы будем двигаться вперед. Для нас большая честь встретиться с вами и приобщиться к вашим знаниям".

Робин Гуд: "Это честь для нас, Эмили. А вы действительно не сестра Мэриан?"

Этот вопрос считался риторическим, поэтому Робин Гуд не стал дожидаться ответа и продолжил:

"Пусть ваши стрелы летят верно, и пусть вы найдете справедливость, которую ищете. Помните, что Шервудский лес всегда будет убежищем для тех, кто сражается за правое дело".

Командир Харрис сказал: "Я благодарю тебя, Робин Гуд, за твою мудрость. Ваши слова дали нам много пищи для размышления, пока мы продолжаем наше путешествие".

Робин Гуд: "Было очень приятно, командир. Помните, друзья мои, что истинная суть стрельбы из лука заключается не в мишени, а в путешествии - путешествии самопознания, роста и трансформации. Так пусть же ваши стрелы летят верно, и пусть ваше сердце вечно руководствуется мудростью лука".

Когда костер ярко разгорелся, а на небе засияли звезды, астронавты попрощались с Робин Гудом и его бандой Веселых Компаньонов. Они вернулись в настоящее и были благодарны за возможность встретиться с легендой прошлого. Эхо ее нестареющей мудрости жило в их памяти.

"Мы испытали на себе силу мужества и сострадания", - благоговейно произнесла Эмили. "И при этом мы глубже поняли непреходящий дух человеческой стойкости".

Глава 25: Знакомство с Древней Грецией (399 год до н.э.)

Взгляд в античность

В глубинах марсианской пирамиды астронавты снова собрались вместе, движимые неутолимой жаждой знаний и приключений. Эмили, историк команды, предложила следующий пункт путешествия во времени: Древнюю Грецию в период ее интеллектуального и культурного расцвета.

"Греция, около 400 года до нашей эры", - объявила Эмили, ее голос светился от волнения. "Мы станем свидетелями зарождения демократии, расцвета философии и чудес древней архитектуры".

Команда обменялась знающими взглядами и с нетерпением ждала этого необычного путешествия в анналы истории.

Портал марсианской пирамиды снова гудел неземной энергией, пока астронавты готовились к очередному путешествию во времени. Им предстояла встреча со знаменитым философом Сократом.

Астронавты оделись как жители Древней Греции и органично вписались в прошлое. Каждый из них носил с собой незаметное записывающее устройство, спрятанное в одежде, чтобы запечатлеть чудеса той ушедшей эпохи, не нарушая ее хрупкого равновесия. Софи умело ввела временные координаты в панель управления шлюзом и с тихим жужжанием активировала древнюю технологию. Шлюз образовал перед ними вихрь света. Командор Харрис, Эмили, Клаус, Софи и Иван сцепили руки в круг. Софи прошептала фразу активации, и врата замерцали, открывая захватывающие дух виды древних Афин.

"Давайте подойдем с благоговением и смирением, - призвал командор Харрис.

С общей целью они вошли в вихрь, готовые погрузиться в чудеса Древней Греции.

Прибытие в колыбель цивилизации

Когда вихрь рассеялся, астронавты материализовались в самом сердце древних Афин.

"Добро пожаловать в колыбель западной цивилизации", - воскликнула Эмили, ее глаза сияли от удивления. Посмотрите на Акрополь, Парфенон и шумную Агору внизу".

Они восхищались окружавшими их архитектурными чудесами, красота и изящество которых свидетельствовали об изобретательности и художественном таланте древних греков.

Под чутким руководством Эмили астронавты побывали в самом сердце афинского общества, где философы спорили о природе бытия, поэты воспевали героев и богов, а ремесленники создавали вечные произведения искусства.

"Это земля, пропитанная мудростью и красотой", - сказала Эмили с нотками благоговения в голосе. "Наблюдать за рождением демократии и расцветом интеллекта - поистине благоговейное зрелище".

Наблюдая за яркой жизнью Древней Греции, астронавты чувствовали глубокую связь с прошлым, и их присутствие было молчаливой данью уважения к непреходящему наследию человеческого творчества и инноваций.

"Мы пошли по стопам гигантов", - размышляла Эмили, задерживая взгляд на древних сооружениях.

Охота на рынке

Они прибыли на шумную Агору, центральный рынок Афин, окруженный древней архитектурой, торговцами и философами, ведущими оживленные споры.

"Мы должны найти Сократа", - сказал командир Харрис, оглядывая переполненный рынок. "Но мы должны быть осторожны, чтобы не привлечь внимания".

Солнце ярко освещало афинскую Агору, бросая теплый свет на мраморные колонны и оживленные рыночные прилавки. Торговцы торговались за свои товары, дети бегали в толпе, а воздух был наполнен гомоном и смехом.

Агора представляла собой калейдоскоп красок и движения. Вдоль улиц стояли лавки торговцев, переполненные разнообразными товарами - керамикой, расписанной затейливыми узорами, бронзовыми и железными инструментами, свежими продуктами и экзотическими специями из далеких стран. Ремесленники демонстрировали свои поделки - от гончара, лепящего глину на своем круге, до кузнеца, бьющего молотом по раскаленному металлу.

Оживленные толпы людей заполняли каждый уголок, их разговоры создавали постоянный гул и суету. Гул голосов торгашей, изредка сменяемый криками торговцев, предлагающих свои товары, смешивался со звуками домашнего скота - блеянием овец, кудахтаньем кур и редким фырканьем осла.

Воздух был наполнен смесью различных запахов. Резкий аромат свежесрезанных трав смешивался с земляным запахом гончарной глины и запахом шкур животных. С прилавков с едой доносился дразнящий аромат жарящегося мяса, свежеиспеченного хлеба и сладкий аромат медового торта. Аромат оливкового масла, которым поливали все, от салатов до теплого хлеба, пронизывал воздух и дополнял обонятельную композицию.

Присутствие астронавтов в Агоре было замечено сразу. Любопытные взгляды были устремлены на вновь прибывших. Астронавты старались не привлекать внимания и осторожно передвигались по рынку. Особое внимание привлекали Эмили с ее ярко-рыжими волосами и Клаус с его лысой головой. Ропот толпы становился все громче, по рынку прокатилась волна недоверия, и вскоре вокруг них образовалась небольшая толпа.

"Кто эти люди?" - пробормотал один из торговцев, обращаясь к своему соседу. Вопросы сыпались быстро, и любопытство толпы быстро переросло в беспокойство.

"Посмотрите на свою одежду! Вы, должно быть, прибыли из далекой страны", - ответил другой.

Командир Харрис почувствовал нарастающее напряжение и подал сигнал своей команде уходить. "Мы должны убираться отсюда, немедленно".

Софи, всегда быстро соображавшая, активировала свой маскировочный браслет. Она исчезла из виду, вызвав изумленные взгляды окружающих. Она использовала свою невидимость как отвлекающий маневр и опрокинула тележку с фруктами. Яблоки и апельсины рассыпались по земле, вызвав переполох и привлекши внимание охранников.

"Вперед, быстро!" - потребовал от команды голос Софи.

Астронавты воспользовались хаосом и скрылись в суете посетителей рынка.

Городские стражники, предупрежденные о суматохе, начали приближаться. Их доспехи лязгали, когда они прокладывали себе путь сквозь толпу, решив арестовать чужаков. Астронавтам, ставшим мишенями, ничего не оставалось, как бежать.

Командир Харрис возглавил их, используя плазменный скипетр в режиме оглушения, чтобы уничтожить всех охранников, подошедших слишком близко. Яркие вспышки энергетических импульсов скипетра прорезали тусклый свет, и каждый выстрел отправлял охранника на землю.

Погоня пробиралась сквозь лабиринт рыночных прилавков. Астронавты уворачивались от гончарных лавок и перепрыгивали через штабеля мешков с зерном. Куры в тревоге хлопали крыльями, а привязанная к столбу коза неистово блеяла, когда они пробегали мимо. "Не останавливаться!" - крикнул командир Харрис, помахав команде рукой.

Клаус помогал команде преодолевать препятствия благодаря своей ловкости и быстрым рефлексам. Он переворачивал тележки и нырял под навесы, расчищая путь для своих камео. Благодаря его акробатике, смеси инстинкта и тренировок, они всегда были на шаг впереди стражников.

Пока стражники продолжали свое неустанное преследование, коммандер Харрис принял быстрое решение. "Нам нужно разделиться. Софи, Иван, вы берете этот переулок. Эмили и Клаус пойдут со мной".

Софи и Иван свернули в узкий переулок, тени поглощали их на бегу. Они нашли убежище в кузнице, где от жара кузницы в воздухе висела дымка. Кузнец, ошеломленный их внезапным появлением, в замешательстве наблюдал, как они сооружают баррикаду из инструментов и оружия.

"Это должно задержать их на некоторое время", - сказал Иван, задыхаясь.

Тем временем коммандер Харрис, Эмили и Клаус продолжали пробираться по рынку, их темп был неумолим. Ропот преследователей немного затих, когда команда разделилась, каждая группа надеялась обогнать своих преследователей в лабиринте Агоры.

Захват Эмили

Пробираясь сквозь толпу, Эмили споткнулась о шаткий камень. Она споткнулась и упала, маскировочное устройство выскользнуло из ее руки и упало на землю. Прежде чем она успела поднять его, к ним подошла группа афинских стражников.

"Эмили!" - крикнул Клаус, но было уже поздно.

Стражники бросились вперед и схватили Эмили. Она сопротивлялась, но их хватка была железной. Ее быстро одолели и потащили прочь, ее крики заглушил шум рынка.

"Помогите!" - кричала она, но остальные были уже слишком далеко.   "Что это?" - спросил один из охранников, взяв в руки странное устройство. Его глаза сузились, когда он посмотрел на Эмили. "Ты здесь, откуда ты взялась?"

Эмили постаралась сохранить самообладание и встала. "Я путешественница из далекой страны", - сказала она.

"Странник со странными инструментами", - пробормотал стражник. "Ты пойдешь с нами на допрос".

Прежде чем Эмили успела запротестовать, охранники схватили ее и потащили прочь. Остальные астронавты, наблюдавшие за происходящим со стороны, быстро сообразили, что им нужно придумать план.

"Они арестовали ее. Мы должны вернуть Эмили", - срочно сказал Клаус. "Мы не можем оставить ее в их руках".

"Я использую плазменный скипетр", - сказал Клаус, переводя его в режим оглушения. "Мы сможем уничтожить охранников, не причинив им вреда".

"Или я могу использовать медицинский персонал, чтобы убедиться, что никто серьезно не пострадал", - добавил Клаус.

Командир Харрис покачал головой. "Нет, позже. Давайте двигаться дальше. Мы не можем здесь оставаться".

После тяжелой погони оставшиеся астронавты перегруппировались в тихом переулке.

"Мы должны вернуться к Эмили", - срочно сказал Клаус.

Командир Харрис кивнул. "Мы вернем ее. Но нам нужен план. Софи, ты можешь выяснить, куда они собираются ее отвезти?"

Софи, которая теперь была видна, кивнула. "Я пойду за ними. Встретимся возле большой статуи на краю рынка через десять минут".

Команда снова разделилась, решив спасти свою подругу. Софи вернулась с новостями. "Они везут Эмили в городскую тюрьму. Она хорошо охраняется, но у нас есть элемент неожиданности".

"Хорошо", - сказал коммандер Харрис. "Клаус, мы с тобой займемся охранниками. Иван, ты отвлекаешь внимание. Софи найдет способ открыть камеры".

Команда двигалась быстро, их действия были слаженными и точными. Погоня на рынке была хаотичной, но она показала и ее сильные стороны. Они были готовы к тому, что последует дальше.

Пленение

Охранники привели Эмили в маленькую темную камеру в самом центре Афин. Каменные стены были холодными и сырыми, в воздухе витал запах плесени и гнили. Единственный свет исходил из маленького зарешеченного окна, расположенного высоко над головой, и отбрасывал жуткие тени в комнату. Проходили часы, каждое мгновение превращалось в вечность. Звуки шумного города были приглушены и заменены случайными криками других заключенных и шуршанием крыс. Мысли Эмили неслись вскачь, наполненные страхом и беспокойством за своих друзей и миссию.

Стратегическое отступление: Храм обороны

Когда солнце опустилось к горизонту, отбрасывая длинные тени на древний город Афины, астронавты укрылись в священных залах храма Гефеста, бога огня. Они надеялись, что святость храма защитит их от преследователей.

Когда над Афинами забрезжил рассвет, первая волна фанатиков ворвалась в храм. Вооруженные копьями и щитами, они устремились вперед, их крики эхом разносились по ночи.

Астронавты держались стойко, их решимость была непоколебима. Точно прицелившись, коммандер Харрис и Клаус выпустили из плазменного скипетра энергетические взрывы, которые ошеломили нападавших и отбросили их назад.

Пока фанатики перегруппировывались для новой атаки, Айвен нашел место повыше и взобрался на древние камни храма. С высоты крыши он осматривал окрестности и пытался заметить слабые места в подходе нападавших. Когда началась следующая атака, астронавты приготовились к натиску. Они объединили усилия, чтобы отбиться от нападавших, используя все имеющиеся в их распоряжении средства для удержания оборонительной позиции. С помощью маскировочного браслета, которым Софи и Иван умело пользовались, им удалось запутать фанатиков и заманить их в засаду, переломив ситуацию в свою пользу.

Когда последние фанатики отступили в темноту, побежденные и деморализованные, астронавты вздохнули с облегчением. Несмотря на усталость, они знали, что победили благодаря единству и быстроте мышления. "Возможно, сейчас мы чужие, - сказал командир Харрис, оглядывая своих товарищей, - но если мы будем держаться вместе, то сможем преодолеть любые трудности".

С новой решимостью астронавты приготовились к предстоящим испытаниям, зная, что сплоченность поможет им выстоять.

Допрос

Дверь камеры со скрипом открылась, и в камеру вошла группа охранников, а за ними - суровый человек.

В камеру вошел суровый мужчина в халате. Его глаза были холодными и расчетливыми, когда он смотрел на Эмили.

"Кто вы и откуда?" - спросил он. Эмили глубоко вздохнула. "Я путешественница из далекой страны", - повторила она твердым голосом. "У меня нет злых намерений".

Выражение лица дознавателя ожесточилось. "Ложь вас не спасет", - сказал он. Он жестом указал на стражников, которые с серой сардонической улыбкой двинулись вперед.

Они схватили ее и потащили с помощью кожаных ремней к деревянному стулу. Эмили сопротивлялась, но их хватка была слишком сильной. Они связали ее, кожа впилась в запястья и лодыжки. Подошел дознаватель с хлыстом в руке. "У нас есть способы заставить людей говорить", - произнес он ледяным голосом. Он поднял хлыст и с неприятным треском опустил его на спину Эмили.

Эмили вскрикнула от боли, ее тело забилось, сопротивляясь ограничениям. Кнут бил снова и снова, и каждый удар вызывал в ней волны агонии. Она закусила губу и боролась с желанием доставить им удовольствие услышать ее крики.

"Скажи нам правду", - потребовал дознаватель. "Кто вы и почему вы здесь?"

Слезы текли по лицу Эмили, но она молчала. В голове у нее крутился вихрь боли и страха, но она цеплялась за надежду, что друзья придут за ней.

Спасение и воссоединение

Команда села за стол и спланировала спасательную операцию. "Wir müssen das Tarnarmband benutzen, um an den Wachen vorbeizukommen", schlug Sophie vor. "Es kann uns unsichtbar machen, aber wir müssen aufpassen, dass wir keine Aufmerksamkeit erregen."

"Мы можем использовать плазменный скипетр в режиме оглушения, чтобы незаметно расправиться с охранниками", - добавил Клаус. "Мы не хотим никого убивать, если можно этого избежать".

Командир Харрис спланировал их действия. "Мы с Клаусом используем маскировочный браслет, чтобы проникнуть внутрь и найти Эмили. Софи и Иван, вы начнете отвлекающий маневр за пределами тюрьмы, чтобы отвлечь часть охранников".

С наступлением ночи группа выдвинулась на позиции. Софи и Иван расположились у входа в тюрьму и приготовились начать отвлекающий маневр. Тем временем коммандер Харрис и Клаус активировали маскировочный браслет, их формы заблестели, а затем и вовсе исчезли.

Софи кивнула Ивану. "Готовы?"

"Готовы", - ответил Иван и потянулся за плазменным скипетром.

Софи разожгла небольшой костер возле купеческой телеги и быстро раздувала пламя, пока оно не привлекло внимание ближайших стражников. "Огонь! Помогите, пожар!" - закричала она, вызвав переполох.

Стражники бросились к месту происшествия, пытаясь погасить пламя и выкрикивая приказы. В этом хаосе Иван использовал плазменный скипетр, чтобы оглушить некоторых охранников и убедиться, что они не скоро вернутся в тюрьму.

С помощью маскировочного браслета коммандер Харрис и Клаус проскользнули через ворота и бесшумно двинулись по тюремным коридорам. Они быстро нашли камеру Эмили - она была закована в кандалы, ее лицо было бледным, но решительным.

С помощью плазменного скипетра коммандер Харрис отключил замок камеры.

Когда допрос продолжался, дверь распахнулась. Охранники обернулись, но были сражены взрывами плазменного скипетра в режиме оглушения. Командир Харрис и Клаус бросились внутрь и обезвредили оставшихся охранников.

Клаус деактивировал маскировочное устройство и открыл их присутствие. "Эмили, мы здесь".

Эмили подняла голову, в ее глазах читалось облегчение. "Слава богу. Я не знала, сколько еще смогу продержаться".

Клаус бросился к Эмили, быстро развязал ее и с помощью медицинской палочки залечил ее раны. Боль утихла, и на смену ей пришло успокаивающее тепло. "Эмили, с тобой все в порядке?" - спросила Клаус, ее глаза были полны беспокойства.

Эмили с хриплым голосом кивнула. "Я в порядке. Давай уйдем отсюда".

"Мы должны идти сейчас", - сказал коммандер Харрис.

Они снова активировали маскировочный браслет, и на этот раз все трое скрылись, незаметно пройдя через тюрьму. Суматоха снаружи отвлекла большинство охранников, что облегчило их побег.

Когда они бежали по улицам Афин, Эмили опиралась на Клауса, ее тело все еще сотрясалось от пережитого испытания. Уже дважды она чувствовала, что Клаус защищает ее по первобытному инстинкту. Впервые она испытала это, когда

стала первым артефактом, пораженным плазменным скипетром
в потайной камере марсианской пирамиды, и оказалась в
объятиях Клауса.

Будет ли скоро третий раз? Или, как вначале процитировал
Клаус на лекции о вулканах и ударных кратерах: "Три раза - это
хорошо!" "Ну вот, Эмили, ты опять безнадежно влюбилась", -
сказала себе Эмили.

Снаружи группа снова собралась, ночь по-прежнему была
темной и наполненной звуками далекого хаоса. Они быстро
отошли от тюрьмы и направились к окраине города.

"Мы добрались", - сказал Иван, и по его лицу расплылась
ухмылка.

Эмили, все еще немного потрясенная, но улыбающаяся,
ответила: "Спасибо вам всем. Я бы не справилась без вашей
помощи".

В поисках Сократа

Как только Эмили благополучно вернулась к группе, они
быстро отправились в путь.

быстро пробирались по городу, избегая патрулей и смешиваясь
с толпой. В конце концов они добрались до края агоры, где
обнаружили небольшое скопление людей, слушавших разговор
какого-то человека.

"Вот он, - сказал Иван, указывая на фигуру в простой одежде. "Сократ".

Группа приближалась осторожно, чтобы не потревожить собравшихся. Приблизившись, они услышали глубокий и звучный голос Сократа, задававшего острые вопросы и вовлекавшего слушателей в философский диспут. "Сократ, - позвал коммандер Харрис, привлекая внимание философа.

Сократ повернулся к ним, его глаза блестели от любопытства. "А, еще путешественники! Что привело вас в Афины и почему вы ищете меня?"

"Мы пришли из далекой страны и далекого времени", - ответила Эмилия, делая шаг вперед. "Мы ищем твоей мудрости".

Сократ некоторое время смотрел на нее, а затем улыбнулся. "Мудрость, говорите? Это редкий и драгоценный товар. Подойдите, сядьте со мной, и давайте поговорим".

Космонавты сели рядом с Сократом и рассказали ему о своем опыте и цели путешествия. Сократ внимательно слушал и время от времени задавал вопросы, которые опровергали их предположения и заставляли задуматься о своей миссии.

Философская встреча

Дискуссия начинается

Астронавты сели на каменные скамьи. Сократ посмотрел на

каждого из них, его глаза были полны любопытства и тепла. "Что привело вас ко мне, незнакомцы? Что вы ищете?"

Командор Харрис начал говорить: "Мы хотим понять природу справедливости, смысл добродетели и природу человеческой души. Ваши учения вдохновляли многие поколения, и мы надеемся разобраться в этих вечных вопросах".

Сократ кивнул: "Действительно, мудрые вопросы. Давайте вместе отправимся в интеллектуальное путешествие. Но сначала давайте осознаем границы наших знаний. Ведь истинная мудрость начинается с осознания собственного невежества".

Иван вмешался: "Как можно примирить стремление к добродетели со сложностью человеческой природы? Возможно ли достичь истинного добра в мире, полном моральной двусмысленности?"

Сократ с готовностью ответил: "Глубокий вопрос, друг мой. Я считаю, что добродетель заключается не в отсутствии проступков, а в сознательном стремлении к совершенству. Это путь самопознания, направляемый разумом и сдержанным смирением". Теперь Эмили задавала свои вопросы: "Сократ, как нам воспитать мудрость в мире, перенасыщенном информацией? Как мы можем отличить правду от лжи в век технологического прогресса?"

Сократ понимающе улыбнулся: "Стремление к мудрости требует дисциплины и проницательности. Мы должны научиться подвергать сомнению наши предположения, оспаривать наши убеждения и искать знания с открытым сердцем. Ведь только путем тщательного изучения мы можем надеяться обнаружить истины, которые скрываются за завесой невежества".

Клаус, получивший классическое образование, еще глубже погрузился в сложную философскую дискуссию: "Сократ, как мы можем управлять сложностью человеческих отношений? Как культивировать дружбу и укреплять добрую волю в мире, раздираемом распрями и раздорами?"

Сократ был доволен вопросом Клауса: "Дружба, мой юный друг, это священные узы - союз душ, связанных взаимным уважением, доверием и доброй волей. Благодаря подлинной человеческой связи мы находим утешение в трудные времена, радость в праздники и смысл в совместном переживании жизни".

Смысл жизни

Слово взял коммандер Харрис, его голос был тверд. "Мы пытаемся понять смысл жизни. Как нам найти смысл во Вселенной, которая кажется безразличной к нашему существованию? В поисках ответов мы прошли далеко, сквозь время и пространство".

Сократ улыбнулся. "Смысл жизни, мой дорогой друг, вопрос, старый как само время. Этот вопрос озадачивал философов на протяжении тысячелетий. Одни считают, что он заключается в стремлении к удовольствиям, другие - в стремлении к знаниям. Но я считаю, что истинный смысл можно найти в стремлении к добродетели, самопознанию и мудрости. Скажите, чему вы научились за время своего путешествия?"

Софи наклонилась вперед. "Мы узнали, что жизнь драгоценна и хрупка. Мы видели, как поднимаются и падают цивилизации, были свидетелями великой доброты и ужасной жестокости. Но мы все еще не до конца поняли смысл нашего существования".

Сократ кивнул. "Смысл жизни не так-то просто определить. Это ткань, сотканная из нашего опыта, поступков и убеждений. Каждая нить, каждый момент вносит свой вклад в целое". Клаус, научный сотрудник команды, вмешался. "Но как нам найти этот путь добродетели и мудрости в мире, где так много неопределенности и конфликтов?"

Сократ мягко улыбнулся. "Неопределенность и конфликты - это часть человеческого опыта. Они бросают нам вызов, проверяют нашу решимость и помогают нам расти. Главное - оставаться верным себе, подвергать сомнению предположения и искать истину во всем. Участвуйте в диалоге, учитесь у других и стремитесь быть лучшей версией себя".

Иван спросил: "Но, Сократ, в наше время мы сталкиваемся с проблемами, которые кажутся непреодолимыми. Как мы можем применить ваше учение, чтобы преодолеть их?"

Сократ кивнул, понимая всю серьезность вопроса. "Сосредоточившись на том, что вы можете контролировать. Ваши мысли, действия и решения. Подавайте пример, вдохновляйте других своей честностью и мудростью. Помните, что все великие перемены часто начинаются с одного шага, с одного человека, который готов задавать вопросы и стремиться к лучшему". Командир Харрис оглядел свою команду, затем вернулся к Сократу. "Спасибо, Сократ. Твои слова придают нам силы и ясность. Мы будем нести твою мудрость с собой, когда продолжим наше путешествие".

Сократ положил руку на плечо командира Харриса. "Помните, что истинная мудрость приходит от познания самого себя и понимания того, что вы знаете очень мало. Продолжайте задавать вопросы, продолжайте искать, и вы найдете свой путь". Он оглядел всех: "Пусть вы найдете то, что ищете, путники. И не забывайте, что жизнь без вопросов не стоит того, чтобы ее прожить".

Когда беседа подошла к концу, астронавты ощутили глубокое чувство покоя и цели. Они знали, что их путешествие еще далеко не закончено, но, опираясь на мудрость Сократа, они чувствовали себя готовыми к любым испытаниям, которые ждали их впереди.

С благодарностью они попрощались с великим философом и пообещали нести его учение в будущее. Когда они активировали свое устройство и исчезли из древних Афин, они почувствовали новое ощущение цели и более глубокое понимание смысла жизни.

Глава 26: Капсула долголетия

Марсианская пирамида неподвижно и внушительно стояла под разреженной марсианской атмосферой, ее угловатые грани отражали слабый свет далекого солнца. После различных исследований времени и истории астронавты чувствовали себя обязанными продолжить изучение секретов пирамиды. Пять оставшихся астронавтов продолжили исследование марсианской пирамиды, делая все более удивительные открытия. В каждой новой камере обнаруживались реликвии и артефакты, которые позволяли составить более полное представление о передовых знаниях и возможностях цивилизации А'кара. Каждая находка приближала их к пониманию, и они были уверены, что стены хранят еще много тайн. Поиски привели их вглубь пирамиды, в камеру, которая поставила под сомнение их представления о жизни и смертности.

Эмили первой заметила странные надписи на потайной двери в конце тускло освещенного коридора. Символы не были похожи на те, что они видели раньше, они были более сложными и замысловатыми, намекая на то, что за дверью находится некая значимая камера.

"Посмотрите на это, - воскликнула Эмили, проводя пальцами по резьбе.

Иван внимательно всмотрелся в символы. "Они другие. Похоже, они представляют собой какую-то передовую технологию".

С помощью портативного переводчика, оставленного Вэем, они смогли расшифровать надписи. "Они говорят об "обновлении" и "сохранении". Это может иметь отношение к продлению жизни или бессмертию", - сказала Эмили.

С волнением и осторожностью команда совместными усилиями открыла дверь, и перед ними открылась огромная комната, залитая мягким светом. В центре комнаты находилась большая, богато украшенная капсула, не похожая ни на что, виденное ими ранее.

Она была сделана из гладкого металлического материала и испещрена такими же замысловатыми символами. Ее дизайн был элегантным и излучал ауру мудрости. Вокруг капсулы располагались различные панели и пульты, на их поверхности были начертаны незнакомые, но завораживающие глифы.

"Это может стать серьезным прорывом. Если надписи верны, это может быть капсула для восстановления продолжительности жизни или спячки", - предположил коммандер Харрис.

Софи осмотрела таблички. "Это необыкновенно. Похоже, здешние технологии на много лет опережают наши. А'кара действительно овладели наукой жизни".

Клаус кивнул. "Нам нужно понять, как это работает. Это может рассказать нам об их биологическом прогрессе".

Они нашли замок, который, похоже, подходил к Космическому ключу, полученному от Небесного совета. После того как коммандер Харрис вставил ключ в замок, капсула с громким стуком открылась.

С волнением и трепетом команда решила активировать капсулу. Эмили осторожно манипулировала органами управления, ее опыт инженера оказался бесценным. Капсула ожила, ее поверхности засветились мягким пульсирующим светом.

"Согласно символам, капсула призвана вызывать спячку и способствовать регенерации клеток", - пояснила Эмили.

Командир Харрис, самый старший член экипажа, вызвался испытать капсулу. "Если это сработает, это может стать переломным моментом в долгосрочных космических путешествиях и даже продлении жизни на Земле. Я собираюсь это сделать. Если что-то пойдет не так, Эмили возьмет на себя обязанности первого офицера. А ты, Иван, будешь вторым офицером и полностью поддержишь Эмили. Я убежден, что вы оба сделаете эту миссию успешной".

Эмили и Иван кивнули в знак согласия.

Клаус подбодрил командира Харриса словами: "Хорошо, действуйте! Вы это заслужили. Уверен, что в конце концов я буду вам завидовать!"

Команда подготовила коммандера Харриса к процедуре, следила за его жизненными показателями и следила за соблюдением всех протоколов безопасности. Когда он лежал в капсуле, крышка закрылась с тихим шипением, окутав его коконом света.

Внутри капсулы коммандер Харрис почувствовал, как на него накатывает волна тепла и спокойствия. Внутреннее пространство капсулы было создано для удобства, мягкий, почти дышащий материал облегал его тело. Он чувствовал легкую пульсацию в капсуле, словно биение сердца, синхронизированное с его собственным.

Снаружи команда следила за показаниями на панелях. Глифы показывали, что капсула функционирует правильно и запускает процесс гибернации и регенерации.

Иван внимательно следил за всем происходящим. "Его жизненные показатели стабильны. Системы капсулы соединяются с его клеточной структурой. Это замечательно".

В течение нескольких часов команда наблюдала за тем, как действует капсула. Измерения показали явное снижение метаболической активности, что свидетельствовало о глубокой спячке. В то же время последовательность регенерации показала признаки улучшения восстановления и омоложения клеток.

Через некоторое время цикл работы капсулы завершился, и крышка медленно открылась. Из нее вышел коммандер Харрис, выглядевший заметно посвежевшим и бодрым. Члены экипажа бросились к нему, желая узнать, что он пережил.

"Как вы себя чувствуете, коммандер?" - спросил Иван, сканируя его медицинским прибором.

Коммандер Харрис молчал и казался бесстрастным. Иван снова повернулся к коммандеру и легонько потряс его.

Поскольку это не возымело действия, он снова повернулся к нему, потряс сильнее и снова и снова спрашивал: "Коммандер? - Коммандер? - Джон?"

Ответа по-прежнему не было. Члены экипажа забеспокоились, что их командир все еще находится в оцепенении и лежит без движения. Иван убедился в своих показаниях и сказал остальным: "Такое иногда случается после длительного наркоза во время операций. Это своего рода похмелье. Для транквилизаторов типа бензодиазепинов есть противоядие вроде флумазенила, но мне доступен только грубый метод".

Затем Иван снова повернулся к командиру и попытался потрясти его, но на этот раз он ударил кулаком по грудине командира, чтобы причинить боль.

От неожиданности командир открыл глаза и сказал: "Ой!".

"С возвращением на Марс!" - с улыбкой сказал Иван.

Через некоторое время коммандер Харрис тоже улыбнулся с изумлением в глазах. "Невероятно. У меня такое чувство, будто я провел лучший отдых в своей жизни. У меня ощущение омоложения, как будто мое тело восстановлено изнутри".

Иван проверил медицинские показатели. "Ваши показатели лучше, чем раньше. Как будто вы прошли клеточную перезагрузку".

Клаус осмотрел капсулу. "Технологии А'кара превосходят наши самые смелые мечты. Это устройство может произвести революцию в медицине".

Открытие капсулы регенерации долголетия открыло перед астронавтами новые возможности. Они поняли, что власть А'кара над жизнью и долголетием оказалась гораздо более совершенной, чем они ожидали.

Софи подвела итог своим размышлениям.

"Нам необходимо задокументировать каждую деталь этой технологии. Если мы сможем понять, как она работает, это может привести к прорыву в наших областях науки".

Командор Харрис кивнул. "Однако нам следует действовать осторожно. Мы должны быть уверены, что полностью понимаем последствия и возможные побочные эффекты. Но это... это подарок А'Кары. Шанс расширить границы человеческих возможностей".

Продолжая исследования, команда понимала, что знания, полученные от А'кара, - это только начало. Секреты древней марсианской цивилизации способны изменить будущее человечества и открыть новые горизонты в долголетии, космических путешествиях и понимании самой жизни.

С новой решимостью астронавты отправились в путь, готовые раскрыть новые секреты А'кара и поделиться своими открытиями с миром. Наследие цивилизации А'кара теперь переплеталось с их собственным, свидетельствуя о непоколебимом духе исследования и стремления к знаниям.

Глава 27: Расходящийся путь

Рассвет Марса проливал слабый неземной свет на вход в пирамиду, окрашивая стены камеры в мягкие оттенки оранжевого и красного. Открытие врат поставило астронавтов перед сложным выбором: вернуться на Землю с полученными знаниями, не совершая многомесячного космического полета, или остаться и узнать больше о цивилизации А'кара. В воздухе витало невысказанное напряжение, когда команда собралась вместе, чтобы обсудить дальнейшие действия.

Разлом открывается

Команда собралась в центральном зале, голографические изображения Небесного совета были еще свежи в памяти. В дальнем конце находились врата, через которые уже прошел Вэй.

Командир Харрис посмотрел на свою команду, его голос был спокоен, но глаза выдавали тяжесть принятого решения. "Мы проделали долгий путь и открыли для себя невероятные знания. Врата - это наш путь обратно на Землю. Но мне нужно знать, какова позиция каждого из вас".

Софи посмотрела на Ивана, ее взгляд был нерешительным. Она глубоко вздохнула, ее решимость укрепилась, и она шагнула вперед. "Я приняла решение. Я остаюсь".

В комнате воцарилась тишина. Иван посмотрел на Софи со смесью удивления и беспокойства в глазах. "Софи, о чем ты говоришь? Нам нужно вернуться и поделиться тем, что мы нашли".

Софи покачала головой. "Мы только поцарапали поверхность знаний А'кара. Здесь еще столько всего интересного, и я не могу уйти, не поняв этого до конца. Это возможность всей жизни".

Дилемма Ивана

Айвен почувствовал приступ боли. За время пребывания на Марсе он очень сблизился с Софи, и их общие переживания создали связь, выходящую за рамки их миссии. Ее решение остаться не давало ему покоя, но он понимал ее страсть к исследованиям.

Иван посмотрел на Софи с обеспокоенным выражением лица: "Софи, если ты останешься, что будет с нами? Со всем, что мы построили вместе?"

Взгляд Софи смягчился, но ее решимость осталась. "Иван, я не могу упустить эту возможность. Секреты А'кара могут изменить все, что мы знаем об Уни-версе, о нашем месте в нем. Я должна остаться и учиться".

Иван посмотрел на ворота, потом снова на Софи. Он взял ее руки в свои, в его голосе прозвучала смесь любви и покорности. "Тогда я останусь с тобой. Я не могу оставить тебя здесь одну".

Софи сжала его руки, ее глаза заблестели от благодарности. "Спасибо, Иван. Вместе мы сможем узнать другие тайны А'кара".

Остальные члены команды обменялись взглядами, понимая всю серьезность решения Софи и Ивана. Эмили шагнула вперед, выражая понимание и уважение.

Эмили бросила на Софи решительный взгляд и вскоре после этого обратилась к Ивану: "Мы уважаем твое решение, Софи. А Иван, ваша преданность достойна восхищения".

Командор Харрис кивнул. "Мы должны думать о более широкой картине. То, что мы узнали здесь, бесценно. Но мы не можем заставить вас вернуться, если вы считаете, что ваше место здесь".

Клаус сказал с примирительным видом: "Мы с Эмили позаботимся о том, чтобы имеющаяся у нас информация благополучно дошла до Земли. Но если вы узнаете больше, найдите способ сообщить нам".

Подготовка к отъезду

Следующие несколько часов команда провела в подготовке к отъезду. Софи и Иван собирали припасы и оборудование, чтобы иметь все необходимое для продолжения исследования пирамиды. Остальные подготовили собранные ими данные и закрепили их для путешествия на Землю.

Эмили подошла к Софи, ее глаза были полны восхищения и беспокойства. "Ты храбрая, Софи. Надеюсь, ты найдешь то, что ищешь".

Софи улыбнулась, оценив ее слова. "Спасибо, Эмили. Надеюсь, наши пути еще пересекутся".

Последнее прощание

Когда приближался момент отъезда, команда в последний раз собралась перед воротами. Позади них появилась мерцающая арка - символ разлуки и надежды одновременно. Командор Харрис: "Софи, Иван, вы оба были потрясающими товарищами по команде. Я желаю вам всего наилучшего".

Иван кивнул, крепко сжав руку Софи. "А мы продолжим миссию здесь. Мы будем поддерживать связь".

Эмили шагнула вперед, ее голос звучал проникновенно. "Заботьтесь друг о друге. И помните, вы не одиноки. Мы все участвуем в этой миссии, где бы мы ни находились".

Обнявшись и пожав друг другу руки, команда попрощалась. Софи и Иван смотрели, как их друзья прошли через ворота, и мерцающий свет окутал их, прежде чем они исчезли из виду.

И вот на Землю возвращается разгромленный экипаж, состоящий всего из трех астронавтов.

Однако благодаря космическому ключу командир Харрис, Эмили и Клаус были избавлены от необходимости отвлечься, пройдя испытание хранителя через несколько камер, которые Вэй должен был пройти заранее.

Атмосфера была немного жутковатой. На другом конце шлюза из марсианской пирамиды появилась форма египетской пирамиды на Земле.

Через некоторое время трое оказались в египетской пустыне, где их радостно встретили Вэй и команда ученых, врачей и сотрудников службы безопасности.

Командир Харрис вышел из корабля, и все его тело задрожало от привычной земной гравитации. Переход с Марса на Землю был дезориентирующим, поток впечатлений захлестнул его сознание. Он обнаружил, что вернулся на землю, откуда началось его путешествие, и оказался в окружении группы ученых и чиновников, жаждущих расспросить его и остальных.

Главный ученый: "С возвращением, коммандер Харрис. Ваше путешествие было успешным. Мы получили все ваши предварительные данные. Как вы себя чувствуете?"

Командор Харрис ответил: "Немного ошеломлен, но чувствую облегчение. Нам так много нужно сообщить".

Несмотря на нагрузки на Марсе, теперь требовалась программа реабилитации, рассчитанная на несколько недель, поскольку сердечно-сосудистую систему нужно было тщательно адаптировать к земным условиям из-за почти на треть меньшей гравитации на Марсе по сравнению с Землей. Однако короткий путь через ворота избавил их от обратного полета в космос, который длился несколько месяцев, так что они получили огромную пользу как в физическом, так и в психическом плане.

Последующие дни (и больше ни одного сола) прошли в вихре активности. Астронавты провели бесчисленное количество часов, рассказывая об открытиях цивилизации А'кара, испытаниях, с которыми им пришлось столкнуться, и невероятном наследии, которое они обнаружили. Их вклад был неоценим и вызвал новый интерес к исследованию космоса и возможной колонизации Марса людьми.

Новое начало

Софи и Иван стояли в безмолвной палате, ощущая тяжесть принятого решения. Они были одни в чужом мире, но они были вместе, движимые общей целью.

Софи посмотрела на Ивана, ее глаза были полны решимости. "Нам предстоит проделать большую работу. Тайны А'кара не раскроются сами собой". Иван кивнул, и его охватило чувство покоя и решимости. "Давайте начнем. Нам предстоит открыть целую цивилизацию".

Рука об руку они вышли из ворот и направились вглубь пирамиды, готовые к любым испытаниям. Их путешествие приняло неожиданный оборот, но вместе они были готовы раскрыть секреты А'кара и продолжить их наследие. Иван кивнул, и его охватило чувство покоя и решимости. "Давайте начнем. Нам предстоит открыть целую цивилизацию".

Рука об руку они вышли из ворот и направились вглубь пирамиды, готовые к любым испытаниям. Их путешествие приняло неожиданный оборот, но вместе они были готовы раскрыть секреты А'кара и продолжить их наследие.

Эпилог: Новый рассвет на Марсе - и на Земле

Марсианское солнце медленно поднималось над горизонтом и заливало теплым янтарным светом обширный скалистый ландшафт. Древняя пирамида стояла как безмолвный дозорный, ее гладкие красноватые камни были пропитаны мудростью и секретами цивилизации А'кара. Внутри пирамиды жизнь обрела новый смысл для Софи и Ивана, которые решили остаться и исследовать секреты Марса.

Новая глава для Софи и Ивана

Прошли месяцы после отъезда команды, и Софи с Иваном остались одни, чтобы продолжить свои исследования. Открывшиеся им знания и связь, которую они создали, сделали их неразлучными. Каждый день приносил новые открытия, а каждую ночь они смотрели на звезды и мечтали о будущем, которое построят вместе в этом странном мире.

Софи нежно обнимала своего новорожденного ребенка, первого человека, родившегося на Марсе. Ребенок, символ надежды и мост между двумя мирами, подарил ее жизни небывалое чувство цели и радости.

Софи радостно повернулась к Ивану: "Смотри, Иван. Наш малыш так совершенен. Первый человек, родившийся на Марсе".

Иван улыбнулся, его глаза были полны любви и гордости.
"Наше наследие, Софи. Символ связи между Землей и Марсом".

Жизнь на Марсе

Жизнь на Марсе сопряжена с определенными трудностями, но
Софи и Иван справились с ними с непоколебимой
решимостью. Они создали в пирамиде небольшую, но
функциональную среду обитания, используя технологии и
ресурсы, оставленные их товарищами по команде. Солнечные

батареи обеспечивали электричеством, а гидропонный сад - свежими продуктами.

Они также продолжили свои исследования и узнали больше об а'кара и их продвинутом понимании Вселенной. Стены пирамиды, казалось, резонировали от их присутствия, как будто сама древняя цивилизация приветствовала и направляла их.

Софи: "Наследие А'кара становится все более ясным. Их знания о космических энергиях и понимание жизни и бессмертия превосходят все, что мы могли себе представить".

Иван: "И наш ребенок вырастет с этим наследием, Софи. Мы открываем новую главу в истории человечества".

Жизнь на Земле

На Земле возвращение коммандера Харриса, Эмили и Клауса и их встреча с Вэем вызвали революцию в научном мышлении и исследованиях. Они поделились своими открытиями и вызвали новую волну интереса к освоению космоса и возможной колонизации Марса людьми.

Судьба Вайса

Груз знаний

Несмотря на профессиональное признание и волнение, вызванное ее открытиями, Вайс ощущала внутреннюю пустоту. Связи, которые она установила с коллегами-астронавтами на Марсе, оставили неизгладимый след в ее сердце, и она очень скучала по ним.

Она вернулась в свою квартиру в Пекине. Город был полон жизни, что резко контрастировало со стерильной обстановкой башни из слоновой кости управления полетами или тихими просторами Марса. Квартира казалась ей одновременно уютной и странной, напоминанием о той жизни, которую она оставила позади.

Воссоединение с семьей

Одним из первых дел Вэй было воссоединение с семьей. Родители с нетерпением ждали ее возвращения, и их облегчение было ощутимым, когда они наконец смогли обнять ее.

Мама Вэй: "Вэй, мы так волновались за тебя. Ты была такой храброй".

Отец Вэй: "Ты совершаешь удивительные поступки, Вэй".

Вэй ответила: "Я так скучала по вам обоим. Марс был невероятным, но так приятно снова оказаться дома".

Они проговорили несколько часов, Вэй рассказывала о своих впечатлениях, а остальные слушали с благоговением. Они гордились ее достижениями, но в то же время беспокоились о том, как тяжело далась ей эта миссия.

Вернувшись к жизни на Земле, Вэй пыталась найти баланс между своими профессиональными обязанностями и личными потребностями. Научное сообщество было в восторге от открытий с Марса, и ее постоянно приглашали на интервью, лекции и конференции. Но среди этого хаоса Вэй тосковала по спокойствию и нормальности. Она вновь общалась со старыми друзьями и искала утешения в знакомых лицах и простых радостях повседневной жизни.

Школьная подруга сказала ей: "Вэй, ты как будто побывала в другом мире. Как ты можешь это описать?"

Вэй ответила: "Это трудно выразить словами. Это было прекрасно и утомительно, но я рада, что вернулась".

Приспосабливаясь к новой реальности, Вэй обнаружила, что ее тянет к неожиданному человеку - доктору Майклу Чену, коллеге-ученому, который входил в команду, анализировавшую данные с Марса. Майкл был дружелюбным, умным и разделял ее страсть к исследованиям.

Они провели много часов, рассказывая о своей работе, мечтах и опыте. Майкл был очарован рассказами Вэй о Марсе, и она находила утешение в его понимании и поддержке.

Майкл кокетливо обратился к ней: "Вы через многое прошли, Вэй. Я восхищаюсь вашей силой".

Вэй с улыбкой ответила: "Спасибо, Майкл. Это был долгий путь, но я чувствую, что наконец-то нашла свое место". Их дружба переросла в роман, и Вэй ощутила новое чувство счастья и удовлетворения. Майкл помог ей осознать красоту настоящего, и вместе они мечтали о будущем.

Движение вперед

С Майклом рядом Вэй начала смотреть в будущее, а не зацикливаться на прошлом. Они говорили о будущих миссиях, о возможности возвращения на Марс и даже о том, что однажды смогут создать семью.Wei erklärte Michael:" Марс всегда будет частью меня, но я с нетерпением жду, что будет дальше".

Майкл добавил: "И что бы ни ждало нас в будущем, мы встретим его вместе".

Новое будущее

Вэй продолжала неустанно работать, чтобы передать наследие цивилизации А'кара. Она писала статьи, читала лекции и сотрудничала с учеными по всему миру, чтобы лучше понять и распространить открытые ими знания.

Ее усилия были направлены не только на научные открытия, но и на преодоление разрыва между мирами - между Землей и Марсом, между прошлым и будущим.

С годами Вэй обрела чувство равновесия и покоя. Они с Майклом построили совместную жизнь, основанную на любви и взаимном уважении. Они продолжали работать, чувствуя, что являются частью чего-то большего, чем они сами.

Однажды вечером, когда солнце зашло за Пекин, Вэй стояла на балконе и смотрела на ночное небо. Звезды ярко мерцали, и она почувствовала глубокую связь со Вселенной.

Вэй сказал Майклу: "Мы только начали исследовать. Там еще столько всего".

Майкл присоединился к ней и обнял ее за плечи: "И мы будем исследовать это вместе, Вэй".

Улыбнувшись, Вэй повернулась к нему и почувствовала удовлетворение и надежду. Они оба нашли свое место в этом мире, и наследие А'кара будет продолжать вдохновлять их и будущие поколения.

Когда они стояли вместе и смотрели на звезды, Вэй понимала, что их путешествие еще далеко не закончено. Возможности были безграничны, и она была готова встретить грядущее рука об руку с любимым мужчиной.

Командор Харрис

Возвращение на Землю в качестве вдовца

После возвращения на Землю, прохождения инструктажа и получения признания коммандер Харрис вернулся в свой дом в Хьюстоне, штат Техас. Его охватило глубокое чувство одиночества. За год до полета на Марс он потерял в дорожной аварии свою жену Рейчел. Дом был полон воспоминаний о Рейчел - ее смехе, тепле и жизни, которую они построили вместе. Он бродил по комнатам, прикасаясь к предметам, напоминающим об их совместной жизни, и чувствовал себя одновременно утешенным и убитым горем. Ее отсутствие было постоянной болью, пустотой, которую не могли заполнить даже чудеса Марса.

Командир Харрис обратился к сувенирной фотографии: "Рейчел, я бы хотел, чтобы ты увидела Марс. Там было все, о чем мы мечтали, и даже больше".

Поддержка друзей и коллег

Близкие друзья и коллеги командира Харриса сплотились вокруг него, предлагая поддержку и помощь.

Его лучший друг Марк Томпсон, который был его доверенным лицом еще со времен их совместной службы в ВВС, постоянно находился рядом.

Марк сказал: "Как хорошо, что ты вернулся, Джон. Мы по тебе скучали. Как у тебя дела?"

Командир Харрис: "Это было трудно, Марк. Возвращаться в пустой дом... это труднее, чем я думал".

Марк кивнул, понимая всю тяжесть горя Джона. "Мы здесь ради тебя, приятель. Когда бы мы тебе ни понадобились".

Коммандер Харрис с головой ушел в работу и занял высокий пост в Космическом агентстве в качестве директора по исследованию и освоению Марса. Опыт работы на Марсе сделал его бесценным помощником, и он был полон решимости обеспечить продолжение наследия миссии.

Он проводил много часов в лаборатории и на совещаниях, разрабатывая новые стратегии для будущих полетов на Марс и наставляя молодых астронавтов. Эта работа давала ему чувство удовлетворения и способ справиться с горем.

Доктор Сара Митчелл, одна из его подопечных, восхищалась его целеустремленностью и часто обращалась к нему за советом.

Сара высоко оценила его: "Командир Харрис, ваша проницательность бесценна. Вы вдохновляете всех нас".

Коммандер Харрис ответил несколько смущенно: "Спасибо, Сара. Важно продолжать расширять границы того, что мы знаем. Рейчел всегда верила в это".

Случайная встреча

Однажды вечером на благотворительном мероприятии для семей астронавтов Джон познакомился с доктором Лорой

Беннетт, психологом.

Доктор Лора Беннетт, психолог, специализировавшаяся на оказании помощи астронавтам и их семьям в преодолении психологических проблем, связанных с космическими путешествиями. Лора Беннетт рассталась со своим партнером и была матерью-одиночкой с двумя детьми. Она слышала о потере командира Харриса и подошла к нему с теплой улыбкой.

Лора Беннетт представилась командиру: "Командир Харрис, я Лора Беннетт. Я читала о вашей миссии. Для меня большая честь познакомиться с вами".

Командор Харрис: "Это честь для меня, доктор Беннет. Пожалуйста, зовите меня Джоном".

Их беседа протекала легко, и коммандер Харрис открылся Лоре Беннетт так, как не открывался никому после смерти Рейчел. Сочувствие и понимание Лоры Беннет подарили ему чувство комфорта, которого он не испытывал уже очень давно.

В течение вечера они танцевали вместе под спокойную джазовую музыку. Они наслаждались общением, и одиночество коммандера Харриса, казалось, на мгновение забылось.

Расцвет дружбы

В последующие месяцы между Джоном и Лорой завязалась тесная дружба. Они часто встречались за чашкой кофе и разговаривали о своей работе, жизни и общей страсти к исследованию космоса. Присутствие Лоры стало для Джона источником утешения и исцеления.

Однажды Лора сказала Джону: "Ты через многое прошел, Джон. Это нормально, что ты позволяешь себе горевать".

Джон ответил кивком: "Спасибо, Лора. Твоя поддержка значит для меня больше, чем я могу выразить".

По мере того как их связь становилась все крепче, Джон почувствовал первые признаки надежды и счастья. Он понял, что, хотя память о Ра-челе всегда будет его частью, ему не придется встречать будущее в одиночестве.

С поддержкой Лоры Джон начал жить вне работы. Они вместе посещали светские мероприятия, ходили в походы и вместе смотрели на звезды по ночам - занятия, которые вернули Джону чувство удивления и радости.

Однажды вечером, когда они сидели на холме с видом на город, Лаура повернулась к Джону с нежной улыбкой.

Лаура прямо сказала Джону: "Джон, я знаю, что ты всегда будешь любить Рейчел. Она была невероятным человеком. Но я хочу, чтобы ты знал, что я рядом с тобой, что бы ни ждало тебя в будущем".

Джон с благодарностью ответил: "Спасибо, Лора. Я боялся двигаться вперед, но ты показала мне, что это возможно. Я благодарен тебе каждый день".

Джон продолжал отлично работать в Космическом агентстве, но теперь у него была новая цель. Они с Лорой становились все ближе и ближе, и их отношения переросли из дружбы в нечто более глубокое. С Лорой рядом Джон чувствовал себя готовым к любым испытаниям и приключениям, которые ждали его впереди.

Их отношения расцвели, и Джон мог представить себе будущее, полное новых возможностей. Они с Лорой говорили о своих мечтах, как личных, так и профессиональных, и о том, как они могут поддержать друг друга в осуществлении этих мечтаний.

Наследие А'кара

Джон продолжал посвящать себя наследию цивилизации А'кара. Он много писал об их открытиях, читал публичные лекции и неустанно работал, чтобы вдохновить будущие поколения исследователей.

Отрывок из речи Джона: "А'кара научили нас тому, что Вселенная огромна и полна чудес. Наше путешествие на Марс было только началом. Мы должны продолжать исследовать, учиться и расширять границы человеческих знаний".

С годами отношения Джона и Лоры становились все ближе и ближе. Они вместе преодолевали жизненные трудности, и с каждым днем их связь становилась все глубже. Дети Лоры, Джордан и Миа, приняли Джона как члена своей семьи и находили радость в новой жизни, которую они строили.

Теплым весенним днем, в окружении друзей и близких, Джон и Лора обменялись клятвами во имя будущего, полного любви, поисков и открытий.

Лаура сказала: "Джон, ты дал мне силы двигаться вперед и смелость мечтать. Для меня большая честь пройти этот путь вместе с тобой". Джон ответил: "Лаура, ты вернула свет в мою жизнь. Вместе мы справимся со всем, что нас ждет, и извлечем максимум пользы из каждого момента".

При поддержке Лоры Джон продолжал вдохновлять и вести за собой как в космическом агентстве, так и в личной жизни. Он знал, что Рейчел всегда будет частью его жизни, но он нашел нового партнера, с которым разделит свой путь.

Когда они стояли вместе и смотрели, как солнце садится за горизонт, Джон ощущал покой и удовлетворение. Он прошел долгий путь от одинокого, убитого горем человека, вернувшегося с Марса. С Лорой, их детьми и работой он обрел новое начало.

И, глядя на звезды, он знал, что будущее наполнено безграничными возможностями, свидетельствующими о стойкости человеческого духа и непреходящей силе любви.

Вклад Клауса в трансгуманизм

Интерес Клауса к генетике и ДНК был не просто академическим; он был глубоко укоренен в его вере в трансгуманизм. Это философское течение выступает за использование технологий для улучшения физических и когнитивных способностей человека, чтобы расширить границы того, что значит быть человеком. Вернувшись из экспедиции на Марс, Клаус увидел возможность внести значимый вклад в развитие этой идеи. Вернувшись на Землю, Клаус превратил свою ультрасовременную лабораторию в центр трансгуманистических исследований. Это было место, где передовые технологии встречались со смелыми, дальновидными идеями. В его лаборатории теперь находились передовые инструменты для генетических манипуляций, сложные биометрические датчики и аналитические системы, управляемые искусственным интеллектом, - все это было призвано изучить и улучшить человеческие возможности.

Определение целей исследования

Клаус поставил перед собой амбициозные цели исследований, которые соответствовали основным идеям трансгуманизма:

1. повышение физической устойчивости: сделать человека более устойчивым к болезням, старению и экстремальным условиям окружающей среды.

2. улучшение когнитивных способностей: Повышение умственных способностей, включая память, скорость обучения и способность решать проблемы.

3. сенсорное совершенствование: расширение человеческих чувств за пределы их естественных границ, включая такие способности, как ночное зрение и повышенная чувствительность к электромагнитным полям.

Эксперименты и инновации

Подход Клауса был систематическим и строгим. Вначале он сосредоточился

на повышении физической устойчивости, вдохновленный
экстремофилами, которых он изучал на Марсе. Экстремофилы -
это организмы, которые приспособились к экстремальным
условиям окружающей среды. Его первым крупным проектом
стала интеграция генов этих жизнестойких организмов в геном
человека.

1. Интеграция генов:

Клаус выделил определенные гены из экстремофилов, таких как
Tardi-grades и Deinococcus radiodurans, которые известны своей
невероятной устойчивостью к радиации и экстремальным
условиям. Используя CRISPR-Cas9, "генные ножницы", он
успешно вставил эти гены в стволовые клетки человека.

2. культивирование клеток и испытания:

Модифицированные клетки выращивались в контролируемой
среде. Клаус подвергал их различным стресс-тестам, включая
воздействие радиации и резкие перепады температуры.
Результаты оказались многообещающими: клетки показали
значительно более высокую устойчивость, чем
немодифицированные.

3. Клинические испытания:

Затем Клаус перешел к проведению клинических испытаний на
добровольцах. Эти испытания были тщательно сплапированы и
тщательно контролировались, чтобы убедиться в безопасности
и эффективности генетических модификаций. Добровольцы
отмечали повышенную устойчивость к распространенным
заболеваниям и более быстрое выздоровление.

Когнитивное совершенствование

Далее Клаус обратил внимание на улучшение когнитивных способностей. Он изучил возможности ноотропов ("умных лекарств") и технологий нейронных интерфейсов для улучшения работы мозга. Интегрируя системы нейрофидбэка, управляемые искусственным интеллектом, он хотел создать бесшовный интерфейс между человеческим мозгом и цифровыми технологиями.

1. Стимуляция нейропластичности:

Клаус разработал протоколы для стимулирования нейропластичности - способности мозга к самореорганизации. Благодаря сочетанию генетических модификаций и целенаправленной стимуляции мозга у испытуемых были достигнуты значительные улучшения в скорости обучения и работе памяти.

2. Обучение с помощью ИИ:

Используя алгоритмы искусственного интеллекта, Клаус разработал персонализированные программы обучения, которые адаптировались к когнитивному профилю каждого человека. Такой подход не только ускорил процесс обучения, но и помог распознать и устранить когнитивные недостатки.

Сенсорная аугментация

Последней целью Клауса было расширение сенсорных возможностей человека. Вдохновленный животными с необычными органами чувств, он работал над интеграцией этих способностей в сенсорную систему человека.

1. ночное зрение:

Интегрировав гены, отвечающие за улучшенное ночное зрение у некоторых животных, Клаус смог привить добровольцам способность четко видеть в условиях низкой освещенности.

2. электромагнитная чувствительность:

Еще одним прорывом стала интеграция генов, позволяющих людям распознавать электромагнитные поля. Эта способность, обнаруженная у акул и некоторых птиц, открыла новые возможности для навигации и восприятия окружающей среды.

Этические соображения

На протяжении всех своих исследований Клаус прекрасно осознавал этические последствия своей работы. Он считал, что трансгуманизм должен не только расширять возможности человека, но и быть доступным и справедливым. Он поддерживал постоянный диалог со специалистами по этике, политиками и общественностью, чтобы убедиться, что его исследования соответствуют этическим стандартам и учитывают более широкие общественные последствия.

Влияние и наследие

Работа Клауса в области трансгуманизма привлекла большое
внимание и вызвала широкий интерес и дискуссии. Результаты
его исследований были опубликованы в ведущих научных
журналах, и он стал заметной фигурой в трансгуманистическом
сообществе. Его вклад не только продвинул вперед область
генной инженерии, но и приблизил видение трансгуманизма к
реальности.

Инновационный подход Клауса к расширению человеческих
возможностей продемонстрировал потенциал науки и техники,
позволяющий расширить границы человеческого потенциала.
Его наследие характеризуется смелыми экспериментами,
этической ответственностью и непоколебимой верой в
преобразующую силу науки. Когда человечество смотрело в
будущее, работа Клауса служила маяком того, чего можно
достичь благодаря изобретательности и целеустремленности.

Глубокая связь между Эмили и Клаусом

Астронавты вернулись на Землю, их миссия была выполнена, но
их жизни навсегда изменились. Эмили была рада постоянному
присутствию Клауса. Их общая страсть к разгадыванию тайн
переросла в нечто более глубокое - связь, скрепившуюся среди
древних иероглифов Марса.

Клаус, прагматичный биолог и химик, когда-то верил, что все
ответы на вопросы можно найти в уравнениях. Но Эмили
показала ему, что любовь не поддается логике. Эмили и Клаус

нашли утешение друг в друге, а их совместный опыт на Марсе укрепил их связь. Они решили пожениться, чтобы отпраздновать жизнь и любовь на фоне их невероятного путешествия.

В день свадьбы, стоя перед друзьями и коллегами, Эмили думала о Софи и Иване. "Надеюсь, они смотрят", - прошептала она Клаусу. "Надеюсь, они знают, как сильно мы по ним скучаем".

Клаус кивнул и крепче сжал ее руку: "Они - часть этого, Эмили. Твое решение проложило путь для всех нас. Твой ребенок уже стал легендой". Сказав это, он озорно подмигнул Эмили.

Они поженились на небольшой церемонии, в окружении своих коллег-астронавтов и воспоминаний о Марсе.

Их дом стал сочетанием научных приборов и уютных гостиных - лаборатории, где Эмили анализировала образцы грунта с Марса, и кухни, где Клаус варил свой знаменитый кофе.

А потом пришла новость - ее собственное космическое чудо. Смех Эмили наполнил ее крошечную квартирку, когда она взяла в руки снимок УЗИ. Эмили была беременна. Глаза Клауса расширились, и он споткнулся на полуслове, потрясенный идеей стать отцом. Марсианское эхо нашептывало их будущему ребенку секреты, рассказывая ему истории о древних цивилизациях и межзвездных шлюзах.

По мере того как рос живот Эмили, росла и их любовь. Клаус читал малышу сказки на ночь об отважных астронавтах и далеких планетах. Эмили напевала мелодии, которые она слышала на Марсе, а ребенок пинался в ответ. Они вместе выбрали имя - Ария - в знак уважения к космической симфонии, которая свела их вместе.

Когда Ария родилась, она обладала аналитическим умом Клауса и ненасытным любопытством Эмили. Ее глаза с таким же удивлением смотрели на звезды. Семья из трех человек сидела на крыше, закутавшись в одеяла, и смотрела на созвездия. Ария провела маленьким пальчиком по воображаемым линиям, соединяющим пояс Ориона, и Клаус прошептал: "Может быть, там есть другие цивилизации, которые ждут, чтобы их открыли".

Эмили прислонилась к нему и положила голову ему на плечо. "А может быть, - сказала она, - мы - отголосок чего-то большего - истории любви, написанной сквозь время и пространство".

И вот в тихие минуты между сменой подгузников и полуночными кормлениями Эмили и Клаус мечтали о возвращении на Марс. Ария будет расти, слушая истории о пятигранной пирамиде, каменном лице пришельца и вратах, соединяющих миры. Она унаследует их страсть к исследованиям и любовь к неизведанному.

Смех Арии разносился по дому, Клаус учил ее уравнениям, а Эмили рисовала марсианские пейзажи. Над камином они повесили фотографию пирамиды - напоминание об их совместном приключении и любви, расцветшей на Марсе.

Так, в тепле своей семьи, Эмили и Клаус нашли свое величайшее открытие - свою собственную маленькую вселенную, связанную любовью, любопытством и отголоском красного горизонта другого мира.

Светлое будущее

Вернувшись на Марс, Софи и Иван смотрели записанные сообщения от своих друзей на Земле. Во время свадебной церемонии на глаза Софи навернулись слезы, а Иван почувствовал глубокую связь с миром, который они оставили позади.

Софи со всхлипом сказала: "Ты так счастлив, Иван. Е-мили и Клаус поженились и скоро тоже станут родителями. И посмотри, какую поддержку они получают для своих дальнейших исследований".

Иван утешил Софи: "Не грусти. Даже если мы не смогли создать свадебную церемонию с теми, кто нас окружает, посмотри, что мы получили вместо этого. Мы начали нечто удивительное, Софи. Поколение наших детей увидит объединенные усилия по изучению Вселенной". Когда марсианское солнце село и отбросило длинные тени на пирамиду, Софи и Иван смотрели друг на друга, прижимая к себе ребенка. Они приняли смелое решение остаться и стали первопроходцами нового рубежа.

Софи решительно сказала: "Это только начало, Иван. У нашего ребенка впереди светлое будущее, будущее открытий и наследия А'Кары".

Иван повторил слова Софи: "Вместе мы продолжим раскрывать тайны Марса и других миров. Наше путешествие еще далеко не закончено".

Послание будущим поколениям

В своем последнем послании на Землю Софи и Иван выразили свои надежды и мечты относительно будущего человеческих исследований и нового мира, который они строят на Марсе. Софи начала свое послание со слов: "Наши друзья и коллеги на

Земле, мы хотим, чтобы вы знали, что у нас здесь все хорошо. Наш ребенок здоров и крепок, и мы продолжаем наши исследования. Наследие А'кара очень глубоко, и мы стараемся разгадать его секреты".

В заключение Иван сказал: "Мы надеемся, что наша история вдохновит будущие поколения стремиться к звездам. Марс - это только начало. Вместе мы сможем исследовать космос и раскрыть секреты Вселенной".

Когда их сообщение было отправлено на Землю, Софи и Иван смотрели на марсианский пейзаж, полные надежды и предвкушения будущего. Они решили остаться - ради друг друга, ради своего ребенка и ради безграничных возможностей, которые их ожидали.

Ночное небо Марса сверкало звездами - неизмеримые просторы, полные потенциала и чудес.